Pompéia.

Daniel Alonso

Índice

Nota

Estimado visitante, le propongo que considere este libro una banda de Moebius. De modo que podrá desplazarse en la dirección que usted desee, pero sabiendo que siempre retornará al mismo punto. Para aligerar su paso, le adelanto que el sentido cronológico de esta historia inicia con Alameda, continúa en Pompéia, y sube en sentido contrario hasta Bahía. Sin embargo, por capricho de este, su anfitrión, se sugiere el sentido circular, es decir, como se lee siguiendo la numeración de sus páginas.

Cabe a su criterio transitar de la forma que se ajuste más a su andar.

A Sarita

"Lo que sólo ocurre una vez, es como si no ocurriera nunca".

Milan Kundera.

Alameda

1

A lo mejor, todas las veces son una única vez. La memoria, por naturaleza tiende a prescindir de la línea temporal, somos nosotros los que la compelimos a tener una cierta consistencia. Recordar es como ver y no ver algo que pasó. De manera que la dificultad para comunicar el sentido de una historia es inherente a ella misma. Por ejemplo, el escenario donde ubicamos los hechos: quinto piso de un edificio moderno. Podría haber sido el sexto o el octavo, confundirse es una posibilidad, pero la existencia del edificio es incuestionable, como también lo es la calle Alameda Oscar Niemeyer, donde está ubicado y que ese día fui a una entrevista de trabajo.

Si intento aguzar la memoria y evocar los detalles, del punto exacto de la conversación con María Clara en que la vi aparecer, las imágenes se desvanecen y se tornan nebulosas, improbables. La sensación de tenerlo en la punta de la lengua se intensifica, duele saber que está ahí y que es inaccesible. Es una manifestación sensorial del tiempo. Es el momento de la evocación mágica. Con paciencia, y en cierto estado de somnolencia, la historia se va formando con fragmentos. Como un caleidoscopio o un collage va tomando su propia forma, tanto el productor como el interlocutor tienen participación en el sentido. Porque lo escrito — como lo es esta historia— sólo adquiere sentido si es leído.

Una imagen se repite: María Clara, la dueña del bistró, y yo sentados en una de las mesas que flanqueaban al bistró en ele. Me encuentro en dirección a los ascensores por donde ella aparece. La veo aproximarse con un paso sólido, agitada como quien tiene muchas tareas por realizar y va organizando mentalmente lo que va a hacer primero. Lleva una remera básica de algodón color gris, el cabello castaño oscuro recogido en forma de rodete a la altura de la nuca, un jean azul oscuro y zapatillas. La seguí con la mirada hasta verla pasar frente a mí, saludar con amabilidad y detener por unas milésimas de segundo sus ojos escrutadores, *probablemente ella sabe que yo vine a cubrir el puesto de chef,* pensé.

Es una escena que se repite con frecuencia en mi mente, está cargada de emociones fugaces, intensas, la recuerdo de manera vaga, como una intuición o un *dèjá vu*. Sentí el impacto de su mirada y el contraste de su piel blanca con su ropa oscura. Cuando pasó a mi lado pude verle las caderas, el culo generoso y redondo y una línea blanca de la bombacha por encima del pantalón. Recuerdo haberme sentido elegido, deseado. Ella fue engullida por el bistró y me fui de la entrevista sin volver a verla. Poco recuerdo de la entrevista, sin embargo, sería fácil concluir que se basó, principalmente, en los deseos inviables de María Clara. La cocina era deplorable, pequeña, disfuncional, entonces el menú acababa siendo lo que se podía ejecutar en la práctica. El salario, una miseria. A pesar de ello, sin pensarlo dos veces, acepté. Un rumor inmediato acaparó mi interés, lo único que anhelaba a esa altura era esa mirada de vuelta.

2

Al día siguiente, con mi pequeña mochila de trabajo en la espalda fui acreditado en el lobby para subir. El edificio parecía estar hecho en una sola pieza de aluminio, transmitía un efecto aséptico del espacio. Una pulcra montaña de anacoretas financieros y de esclavos categorizados por su capacidad de generar saliva cuando les muestran una máquina de puntos. El ascensor abrió las puertas e interrumpió la conversación de dos mujeres vestidas de delantal azul oscuro con sus respectivos baldes y fregonas. Me miraron y me ignoraron. Lo normal para mí es perderme a la salida de un ascensor, es como si hubiera sido sacudido en un batidor y vomitado un segundo después. Hice un paso, las puertas se cerraron detrás de mí, y miré el letrero que tenía enfrente con las orientaciones del piso. El bistró estaba ubicado a mi derecha. Mientras avanzaba comencé a recordar el jardín interno, las plantas orientadas de acuerdo a una escala de colores, de las más claras en los contornos a las más oscuras en el centro del jardín. A mitad del corredor divisé las mesas de madera a cada lado de la vitrina que decía Burdeos Bar & Café, imitando una cafetería parisina de principios del siglo XX. La puerta entreabierta de la cocina daba a un lateral, donde fue la entrevista con María Clara. Me aproximé y constaté el ajetreo de inicio del expediente. Una mujer delgada, alta, de cabello negro descuidadamente amarrado me miró de pies a cabeza y me dijo que en un momento me atenderían. Esperé en la puerta que se cerró con timidez. Un minuto después, un hombre joven, de unos cuarenta años, regordete y rubio, se presentó como Felipe, socio de María Clara, y me condujo al almacén que se encontraba a unos pocos metros del ascensor. La puerta estaba abierta, cuando pasé por ahí no la había notado. Entramos. De frente, se podían ver tres estantes abarrotados y desordenados que ocupaban la mitad de la habitación y formaban dos corredores

14

llenos de mercadería en el piso. A la derecha, más al fondo, lo que sería la otra mitad, una mesa de escritorio con una computadora y varios estantes repletos de libros, carpetas, papeles sueltos, batidoras y otros electrodomésticos. La oficina.

—Podés cambiarte en los vestidores que hay al final del corredor o podés cambiarte aquí, como hacen todos —me dijo Felipe y agregó—Más adelante, cuando te ambientes, voy a necesitar dar una organizada a ese desorden —dijo señalando los estantes.

Le respondí que sí con mucha diligencia, exagerando docilidad. Más adelante, cuando lo conocí mejor descubrí que Felipe era un frenético y un idólatra del dinero. A veces lo imaginaba maquinando ideas para ser tapa de la revista Forbes, con su look sudaca de empresario de los ochenta, peinado al costado con el flequillo engominado para la foto. Ocasionalmente, cuando entraba a buscar algún ingrediente al almacén, lo veía por el rabillo del ojo, sentado frente a la computadora, y cuando se percataba de que me disponía a salir me llamaba y me mostraba una cantidad absurda de tortas que a él le parecían imprescindibles, que las había probado en algún viajecito que hizo al exterior – casi siempre a Estados Unidos, el lugar con menos cultura gastronómica del mundo, si no fuera por afrodescendientes y latinos sería un cero a la izquierda-. Al parecer, estudiaba la receta y creaba una serie de palabras antes de llamarme, sospecho que para afirmar su elección y exhibir dominio gastronómico. Cremoso, esponjoso, húmedo, equilibrado, suculento, perfumado, empalagoso eran sus adjetivos favoritos, su forma de mostrarme quién era el jefe, los mismos adjetivos que usaba cuando le proponía algo más real para la cocina que teníamos.

De hecho, solo teníamos un horno que se usaba casi toda la jornada y ni siquiera era horno para pastelería. El tiempo nunca alcanzaba, éramos tres para atender almuerzo y el desayuno del día siguiente, y lo que respecta al tiempo del que yo disponía, lo dedicaba a la limpieza. Apenas contábamos con una heladera y era doméstica. *No me gusta porque es muy empalagoso, me parece que le falta equilibrio*, me replicaba con un gesto de fingida complicidad y lo comparaba con una torta hecha por una bloguera que él seguía, y que ni siquiera en el país originario se la hacía más. La bloguera, en su mundo creaba contenido, lo tropicalizaba; Felipe, ingeniero eléctrico, hijo de cocinera, dueño del bistró, en cambio, sólo pretendía que le viera su verguita. Me preguntaba: *¿te animás a hacerlo? Claro,* le respondía, y de paso aprovechaba la ocasión para pedirle un aumento. Así pasaban los días y las tortas seguían siendo las mismas, mi salario también.

Desde luego estoy inventando, pero tal vez haya ocurrido así: ella entró en el preciso momento en que Felipe se disponía a salir del almacén para dejar que me cambie de ropa ese primer día de trabajo. Ella nos encontró a los dos de sopetón y aún sorprendida le dice algo Felipe, no sé qué cosa, (ellos dos se hablan en código). Es eso y no se me ocurre nada más para falsear en la escena. Fue la segunda vez que la vi, y sentí exactamente lo mismo que en el día anterior.

3

Con la experiencia nos acostumbramos a entender ciertos patrones de organización social en las cocinas. No es que sea diferente que cualquier otra área de la vida, aunque la vida en una cocina tenga sus asuntos particulares. Por lo general, soy tímido, reflexivo, nunca muestro todo lo que sé, busco aprender el orden del lugar como si fuera un novato. Soy de los que tienen que entender para hacer algo. Para asegurar mi continuidad, al inicio me muestro resolutivo y diligente. Busco entender quién manda, cómo es que manda, quién obedece y quién hace todo lo posible para desobedecer. El silencio y la timidez, por regla, es confundida por sumisión, y muchos cocineros, ayudantes, incluso chefs caen en una especie de transe y empiezan a desembuchar. Es como si la llegada de alguien nuevo impondría la necesidad de revelar las disputas, las desavenencias del equipo.

Para ojo de buen cubero, eso, es oro, para un novato es simplemente una invitación a participar en alguna de las facciones. A decir verdad, tengo el hábito de acercarme primero a los de abajo, a los que conocen los trucos de la cocina. Y no me refiero a los trucos culinarios, sino a lo que nos importa: cómo hacer trampa y ganar en esa cocina. El que quiera sobrevivir en una cocina tiene que conocer por dónde puede caer primero. Y yo fui llamado para ascender, aunque acabé siendo el de abajo. Hay que aceptarlo: ese bistró me enseñó, en los meses que trabajé, lo malo que es ser llamado para cubrir una función que no es revelada desde el inicio al equipo.

Puede ser que el misterio generado responda a la curiosidad del patrón por evaluar el desempeño del nuevo empleado. Pero, en ese caso, surgen dos problemas esenciales: mi desempeño únicamente puede ser evaluado en la función por la que fui, y que el respeto nunca llega a desarrollarse porque los colegas asumen que ellos merecen una oportunidad antes que un recién llegado.

Fue lo que pasó en ese bistró. Por otro lado, tenía pocas ganas de hacer más de lo que debía, estaba ahí por dos cosas: pagar el alquiler y tener aquella mirada nuevamente. Al segundo día de trabajo, conocí a quien realmente ocuparía la función para la que fui llamado, Remo. Un descendiente de italiano, de más de un metro noventa, de hombros y espalda anchas, cinto negro en Karate, de unos cincuenta años, cabello largo totalmente grisáceo, daba grandes pasos cuando caminaba, era ágil, hablaba con una voz calma y bien articulada. Era todo lo que yo simulaba ser. Remo entendía mejor que yo sobre intrigas y peleas subterráneas y, al parecer, disfrutaba de ellas. Para mi suerte, se acercó a mí, porque el segundo cocinero, Wanderson, lo odiaba y lo exhibía a través de sus sarcasmos y supuestos consejos de cómo hacer tal y cual cosa. El anterior segundo cocinero, un hombre bajito e hiperactivo, fue dado de baja después de ser visto por María Clara lavando sus medias en la cocina. *¿Podés creer, Daniel?,* me dijo María Clara entornando los ojos, intentando borrar de su mente aquel incidente. Wanderson, brasileño, también cincuentenario, de unos ciento y cincuenta kilogramos, macizo, rapado al estilo coronel Walter Kurtz, con la cabeza brillante como una bola de boliche profesional, lo substituiría. Era parlanchín, le gustaba contar todo lo que le gustaba comer, cómo lo preparaba y cómo era reconocido por sus comidas. Era tan célebre y solicitado que yo al principio sentía que debía invertir más en mis horas de descanso, reducirlas, tal vez a unas cuatro y trabajar tanto como él. Todo el mundo contrataba a Wanderson. Un ser humano más que utiliza el espacio laboral como terapia. Remo también trabajaba sin parar. Tenía una fábrica de pastas en la casa de su mamá donde vivía y además novia. Tuve la sensación de que el dolor físico y la extenuación eran remedios eficientes, una fórmula infalible para extinguir cualquier manifestación de vitalidad, de deseo saludable, de urgencia por la vida. Y estaba yo que fingía saber cosas y que evitaba trabajar lo máximo posible, excepto cuando ella aparecía por la puerta del salón y me preguntaba si ya me habían explicado lo que tenía que hacer. Al mostrarme mis tareas, me bautizó, sin saberlo, como el muchacho de las ensaladas y los postres. En compensación, mi sector, un metro y cincuenta de mármol negro pulido, estaba del lado de la puerta de Aurora.

4

Es curioso cómo trabaja la memoria. No recuerdo el día que me dijo su nombre. Tal vez, fue Felipe quien me la presentó cuando nos la topamos en la puerta del almacén el primer día de trabajo. Tal vez fui yo quien le pregunté cómo se llamaba mientras me explicaba la forma de emplatar las ensaladas. Lo cierto es que no hay nada que me ayude a recordar ese momento tan importante. Sin embargo, ahora que lo veo a la distancia, con Aurora experimento algún tipo de mecanismo que se repite. Recordarla es como librarme a una sensación imprecisa, como cuando me despierto y me fuerzo a recuperar ese teatro que me dejó impactado —las imágenes surgen sin contornos, escurridizas pero irrefutables— o cuando brota una intuición que está localizada en alguna parte de mi cuerpo y que me induce a abandonarme a lo incierto. ¿Dónde está Aurora? ¿En qué parte de mi cuerpo se esconde? No lo sé y creo que nunca lo sabré.

A las pocas semanas, se desarrolló una especie de complicidad entre Aurora y yo. La construí solucionando problemas: sus problemas. Si algún comensal pedía una porción más de ensalada, yo la tenía a mano antes de que ella cerrara la puerta; si necesitaba una escoba, se la ofrecía haciendo cuatro pasos, y así todos los días adelantándome, principalmente a Remo que era capaz de quemar una salsa con tal de complacer los pedidos de Aurora. En ocasiones, no demostraba tanta ambición, así que me divertía con esos momentos hilarantes. Con el correr de los días, comenzó a esperarme para almorzar. Wanderson no almorzaba, entonces con Remo nos turnábamos para salir de la cocina. Cuando era mi turno, me sentaba y ella llegaba con su plato unos minutos después. Se convirtió en el segundo momento más formidable del día, porque fue ahí que confirmé su inteligencia y su buen humor. Parecía que su voz emanaba de su vientre, húmeda, crepitante, con tonalidades que iban de la risa contenida al deseo insospechado. Todavía mi cuerpo siente su vibración. La miraba a los ojos, pescando el sentimiento que originaba tal o cual tono de voz. Percibí que concentraba tensión en la garganta cuando se sentía escuchada. Los pómulos tomaban la forma de dos conchas, sus ojos irradiaban luz. Las palabras, entonces, brotaban como prolongaciones de su corazón. Yo estimaba la forma en que sus nervios faciales se contraían o se relajaban frente a una pregunta directa o un silencio inesperado. Los dos nos observábamos, yo porque ella me había hechizado, ella porque su mente fulgurante se expandía a su entorno iluminando todo lo que tenía enfrente. Poseía la atención de madre, la concentración escrupulosa de un experimentado ajedrecista. ¡Qué difícil era salir de su mente! ¿Cómo es que un gesto, un movimiento de la mano, la postura para sentarse, la forma en que un mechón se escapa de sus amarras y cae sobre la frente se convierte en una persona? ¿Cómo es que esa voz, no es más que esa y no otra? ¿Cómo es que ese algo impalpable, pero incuestionable como la esencia de una persona se nos mete en la memoria?

Cuando retornaba a casa, todavía con la adrenalina de haber estado ocho, nueve horas con Aurora, imaginaba que mi ácido desoxirribonucleico estaba en proceso de alteración. Y que, una vez renovado, yo se lo pasaría a mis descendientes. No eran apenas las nuevas configuraciones de redes neuronales que se veían alteradas. Había algo más profundo, algo a niveles de la especie, como un grito hacia adelante, un nuevo ritual que elimina otro antiguo. Yo mismo me volvía cada vez más Aurora, más su andar apresurado y decidido, su voz y sus ideas banales sobre la música sertaneja y las novelas mexicanas. Mis pies se movían al ritmo de sus pies, el pie derecho con la punta ligeramente torcida hacia adentro. Mi hombro izquierdo levemente inclinado para una sonrisa de simpatía, de chiste aprobado. Me convertía en nueva experiencia, en recurso y herramienta para construir escuelas, bibliotecas, para motorizar una revolución y vivir una vida más humana y esplendorosa. Yo moriría, pero lo que me había cambiado con Aurora continuaría en la memoria del universo. Me embriagaba su conversación aleatoria, sus destellos de sarcasmo, sus historias de supuestos fracasos y sus preocupaciones cotidianas. Aurora se tomaba muy en serio su trabajo, sobre todo por causa de su nueva ayudante de salón, Yessica, que al parecer no le importaba mucho su desempeño laboral. En realidad, a mi entender, Yessica carecía de los conocimientos básicos de etiqueta de salón y se le exigía aprenderla como por arte de magia. Aurora se enorgullecía si salía victoriosa de algún contratiempo, por minúsculo que sea, y cuando nos sentábamos para almorzar, compartía conmigo esa breve felicidad camuflada de sarcasmo y chistes inocentes. Almorzando fue que me contó que Felipe era su medio hermano, y que ella siempre había trabajado para sus hermanos. Era hermana de Felipe por parte de madre, y tenía dos hermanas más: Laura y Poesía. Su madre estaba casada en segundas nupcias con el que consideraba su padre y vivía en Bahía. Había nacido en Bahía, pero se crió en Minas Gerais, lo que justificaba sus frases llenas de interrupciones en las vocales y de expresiones hasta entonces desconocidas para mí, diamantes de su boca. Aurora se sentía imprescindible para la vida empresarial de sus hermanos, aunque, se mostraba confusa, siempre dudaba de tomar las decisiones correctas, se sentía desperdiciada. Abría a las siete de la mañana y cerraba a las siete de la tarde. Primera en llegar, última en salir. Un ejemplo de funcionaria capitalista.

5

Otro detalle de la memoria: no recuerdo el día que me llevó por primera vez en su auto. A lo mejor, si todos los recuerdos son un mismo día, es porque hay una historia para contar. Y a partir de ese punto, surge la veracidad de un pensamiento: me programaba para quedarme hasta el final del expediente, porque volver a casa con ella era la cosa más importante de esos días. Supongo que fue una consecuencia de mi elección de horario de trabajo. Podía elegir entre dos turnos, de ocho a cinco de la tarde o de nueve y media a seis de la tarde. Naturalmente, elegí entrar más tarde, lo cual me convenía porque odio levantarme temprano para trabajar, lo encuentro doblemente inhumano. Escuché el consejo de gente que me decía que el esfuerzo de levantarse temprano valía la pena para aprovechar el día, que matemáticamente era verdad, sin embargo, yo no lo entendía porque regresaba a casa todo dolorido, desanimado, puteando mi vida miserable. Esa desgracia me duraba meses hasta que mi cuerpo y mi mente se acostumbraban a la nueva realidad. Y cuando eso sucedía ya me quería ir. Bourdain tenía razón, la personalidad la tenés o no, y la falta de personalidad se manifiesta, generalmente, en la patronal y sus lacayos. Sí pagás mal y te aprovechas de la falta de amor propio o de la necesidad de los trabajadores, merecés tener brigadas que tengan también atrofiada su personalidad. De hecho, con frecuencia, esa personalidad atrofiada es una demostración de carácter. Un día debí haberme atrasado llevando la basura. Teníamos que bajar por las escaleras con la basura, cinco pisos hasta la planta baja donde estaban los contenedores del edificio. Después de lavar nuestro basurero retornábamos a la cocina. El que bajaba con la basura se libraba de la limpieza, y viceversa –Remo lo propuso de forma democrática, porque a nadie le gusta la limpieza después de ocho horas de pie-. Yo, por el contrario, como tenía un motivo, me tomaba mi tiempo repasando todo lo que había ocurrido durante el día, fantaseando con cómo sería esta vez el camino de regreso. Imaginaba a Aurora cerrando la caja, limpiando la cafetera, lavando las últimas tazas y vasos manchados con pulpa de naranja seca. Un día de esos, Aurora debió haberme preguntado dónde vivía, "En Santa Tereza." 'Si me esperás te llevo, me queda de camino a casa, yo vivo en el Unión". Algo así debe haber acontecido.

Puedo imaginármelo, aunque no lo recuerde con exactitud. Ese día debimos haber bajado por el ascensor del estacionamiento, por donde ella había aparecido el día que la vi por primera vez. Salimos del edificio por la parte trasera que daba a una calle con autos estacionados en ambos lados. Caminamos subiendo la calle, pasamos el hospital de ojos, y luego el hospital del corazón. Había dos *foodtrucks* sirviendo comida a las personas que salían de los edificios. En diciembre el sol se demora más, parece detenerse en los picos de las sierras. El estacionamiento quedaba sobre un barranco. Estaba completo. Entramos, Aurora tomó la delantera hasta que llegó a un March blanco. Desactivó la alarma y el auto prendió y apagó las luces haciendo pip pip. Cuando comenzamos a descender la calle Da paisagem, me pregunta si me molestaba escuchar sertanejo, "A mí, no, no me molesta esa música de derrotados", respondí con una sonrisa sarcástica.

—Todos mis amigos se burlan de mí por mi dudoso gusto musical.

—Te entiendo, a mí me gusta escuchar a Luis Miguel de vez en cuando, no estás sola.

La calle se estaba terminando casi en la intersección con la Alameda Oscar Niemeyer y se podía ver el sol entre el plato volador y la torre más nueva de Nova Lima. El sol era un disco anaranjado que se multiplicaba en los cristales de la torre azul y plata que pronto sería inaugurada. La parada del veintiun cero cuatro que me llevaba a casa estaba llena de mujeres, la mayoría de ellas eran las que hacían funcionar los edificios, las cocinas, los jardines y los corredores de Vila da Serra. Los pocos hombres que había eran estudiantes ocasionales (porque quien estudia en Nova Lima tiene auto propio) y tal vez un simple cocinero, como yo cuando salía más temprano y me perdía el paseo con Aurora.

6

Era fácil hablar con Aurora. Uno de nosotros lanzaba un tema y los dos nos echábamos sobre él hasta agotarlo y conectarlo con lo que ese mismo asunto nos brindaba. Un encender un pucho con otro pucho. Conducía el auto hablando conmigo, sin perder de vista el infernal tránsito en frente. Un desfile de luces rojas, bocinazos intermitentes y discretos, el cielo con los colores desparramados, naranja, verde, amarillo, azul, blanco, la luna en cuarto menguante apenas visible a nuestra derecha. La tarde se iba agotando. Para cuando tomábamos por avenida Nossa Senhora do Carmo ya era de noche. Lo primero que vi cuando vine a Belo Horizonte fue la sorprendente vista de la avenida Nossa Senhora Do Carmo. Entrando a la ciudad, a la izquierda, hay un valle de edificios, casas de todas los tamaños y arquitecturas, se ve un pedazo de la represa de Santa Lúcia, los edificios de São Bento, Vila París, Luxemburgo

28

y, más allá, en el otro extremo del valle se ve una abscisa que es la avenida Raja Gabaglia con sus gigantescos edificios nuevos. Raja Gabaglia, cómo me gustaba pronunciar ese nombre en la prehistoria de mi vida en Beagá. Trabajaba en el restaurante argentino de la calle Bahía, mi primer trabajo en Brasil. Bahía, siempre Bahía apareciendo secretamente, sin sentido hasta que un día, sin pensarlo comienza a tenerlo, a dar explicaciones del porqué apareció tantas veces desde antes de mi llegada. Como un estofado que fue cocinándose a fuego lento. Yo salía del trabajo y bajaba Bahía para tomar el cincuenta y dos cero uno que me llevaría a mi nido de amor. La calle Bahía con sus casas y su basílica de Lourdes de mediados del siglo pasado, sus bares y sus "lanchonetes" en la esquina con Guajajaras, y un poquito más abajo, en la esquina siguiente con Augusto de Lima, el edificio Maleta que conocí de día, por casualidad buscando libros usados. ¡Qué calle encantadora la Bahía! El cincuenta y dos cero uno atravesaba toda la Raja Gabaglia hasta el corazón mismo de Buritis. Eran tiempos del amor cálido y apacible, del que cura, de los días olor a familia y de música alegre. Muy parecido al que Aurora me va contando mientras se detiene en el semáforo.

—Marcelo conoce todos mis errores y defectos y, a pesar de eso, sigue conmigo, no sé si por amor, pero vivimos bien. Hace siete años que estamos juntos y todavía siento mariposas.

Yo conocía el sabor de ese tipo de amor, para mí se resumía a la vez que Julia me dio agua de coco en la laguna de la Pampulha. No me gustó ese líquido viscoso, salado, pero siete años después, en Bahía aprendería a beberlo con deleite y a entender que los cocos de coqueros a la orilla del mar son salados; los bahianos los usan para cocinar, los mejores son los que se cosechan en lugares alejados del mar.

—Estamos muy bien, él no me jode ni yo a él. Vivimos cada uno en su casa, y no nos vemos todos los días, porque casi siempre estoy trabajando en algún evento o elijo salir con mis amigas.

» Esa es la vida que me gusta, es verdad, un poco tibia, pero me da tranquilidad.

Aurora había optado por el agua de coco salada, tal vez por amor al mar. Seguimos la onda verde de la avenida hasta desembocar en la Contorno. Aquí surge nuevamente un borrón en mi memoria, porque si Aurora elegía girar a la derecha y continuaba la Contorno hasta Santa Tereza el camino sería mucho más largo que si giraba a la izquierda y tomaba la avenida Cristovão Colombo, pasar por la plaza da Liberdade y bajar para empalmar con la avenida Afonso Pena donde nos encontraríamos con el viaducto Santa Tereza, definitivamente la mejor opción para llegar. Así que, ante el borrón, opto por decir que Aurora giraba a la izquierda en la Contorno. Y como todos los recuerdos son el mismo, cuando Aurora giró a la izquierda por la ventanilla del auto, con la tranquilidad de un neurocirujano le dice a uno que cambió de carril sin avisar:

—Mijo, ¿tan lejos está su dedo de la luz de giro? —El tono de voz era peor que un insulto, y con todos los músculos del rostro paralizados imprimió un silencio tal que el mal conductor aceleró como un nene escapando de su madre cuando sabe que le descubrieron una fechoría.

—Sabés —dijo haciendo una pausa que sincronizaba con la frenada en el semáforo de la plaza Savassi—hay pocas cosas que me dan placer.

Los colectivos azules con el logo de la municipalidad de Belo Horizonte en letras blancas iban repletos de gente, esperaban uno atrás del otro a nuestra derecha como vagones de un tren ansioso por llegar a casa y dormir. Aurora parece apretar el aire que va a hacer vibrar sus cuerdas vocales y me mira con una sonrisa.

—Tengo que confesar algo... me gustaría ser cantante, pero no tengo voz.

Como si la fuerza de todas las cascadas de Minas Gerais saliese por su garganta, Aurora comienza a reír. Su rostro se transforma en una granada explotando miles de fragmentos de arcilla en cámara lenta listos para ser modelados. Era arcilla para jugar, para ensuciarse las manos y crear personajes.

—Nunca le dije eso a nadie, guardo mis secretos para calentar mi corazón.

—Digamos la verdad, andás sentimental en estos días —le dije con voz cariñosa.

—¡Sí! Estoy viendo muchas novelas mexicanas.

Vino a mi mente la frase "las paredes del corazón", tal vez del eco de alguna canción. Imaginaba flores, tomillo, romero, albahaca creciendo en su corazón que se calentaba cerca de una ventana al calor de un sol particular. Me eché a reír junto con ella y continuó:

—Bueno, es eso ahí, me gusta conversar con vos, nuestra conversación fluye y siempre puedo bromear hablando la verdad.

Ese "es eso ahí" fue una observación que salió de su mente por accidente, en voz alta. Ella ya había analizado lo que iba a decir y lo contemplaba como si fuera un regalo. *Es eso ahí, mirá, me gusta conversar con vos, me gusta tu compañía, te revelo mis secretos, caliento nuestros corazones*, parecía decir. El semáforo dio luz verde y el auto comenzó a andar. Mi corazón calentado por sus secretos estaba como nunca antes había estado. Calentar un corazón con secretos compartidos. Quizá sea lo que yo antes llamaba enamorarse. Ese era más o menos el escenario que se repetiría durante dos meses hasta que decidí renunciar al trabajo y a ella y no verla nunca más. Mi escape era el de quien huye para vivir, hacia adelante. No dije nada, no avisé con anticipación, lo hice de un día para el otro. Me fui.

A Bahía

1

Entre idas y vueltas llegué a Prado en octubre. El aire era espeso y el sudor comenzaba a escurrirse entre mis piernas y el pantalón. El ómnibus ya se había ido y, poco a poco, la gente que bajó conmigo desaparecía acompañada por las personas que fueron a recibirlos. Me quedé solo, con mi mochila de ataque y mi valija gris con rueditas. En frente había una pequeña plaza con una glorieta sitiada por una planta de hojas verdes muy brillantes. Delante de la glorieta se abría un círculo de cemento caliente rodeado por dos bancos de madera pintados de blanco. Uno de los bancos se refrescaba bajo la sombra de un gran árbol y estaba ocupado por un grupo de jóvenes uniformados con camisas naranjas y pantalones azules. Dos mujeres y un hombre ocupaban todo el banco y otros dos hombres estaban de pie. Desde luego era el intervalo; habían almorzado y esperaban que su hora de descanso se termine para volver a trabajar. El banco que estaba libre se calcinaba a pleno sol. Crucé la calle y me senté en un cantero que contorneaba unas azaleas secas debajo de un pequeño arbusto.

Las voces del grupo de jóvenes a veces retumbaban en los cristales de las dos únicas boleterías de la terminal, o se sofocaban antes de escucharse con claridad. Era la primera vez que oía el acento bahiano, aún no entendía su cadencia o sus inflexiones precipitadas. Un hombre negro, de mi tamaño, sólido, de unos treinta años con unas bolsas de supermercado en cada mano, pasó a mi lado sin verme, mirando de soslayo las paredes del pasillo estrecho lleno de maravillas por el que transitaba. Caminó hasta la esquina, se detuvo y cruzó en dirección a la casilla de mototaxi contigua a la terminal. Se detuvo en seco, sus ojos lo situaron en el lugar, pareció reflexionar un poco y se dirigió a los bancos de cemento alisado dentro la terminal. Se sentó apuntando todo su cuerpo en dirección a mí. Por un momento pasó su mirada, yo disimulé detrás de mis anteojos oscuros, giré la cabeza y vi que La Dueña paraba el auto a unos metros de donde estaba. Abrió la puerta y sin bajarse me dio la bienvenida. La famosa falsa delgada como dicen en Brasil. Su piel era de color nuez moscada, su rostro era anguloso y rectangular, su cabello oscuro y brillante, superfino. Ya había visto mujeres así en la parte aristocrática de Tucumán. Me subí al auto ansioso por escaparme del calor. En el aire flotaba una humedad fangosa, el río debía estar próximo.

No fue La Dueña quien me acomodó en el cuarto que ella había alquilado para alojarme durante mi estadía, sino el Marido. El acuerdo entre nosotros consistía en pasajes de ida y vuelta, alojamiento y mil reales por mes a cambio de un menú nuevo. Me programé para finiquitar todo en treinta días: reunir el valor necesario y finalizar mi periplo, en el ínterin, daría tiempo para dejar mi firma en el nuevo menú del bar. Arraial d'ajuda estaba a la vuelta de la esquina.

—En mi hostal no tengo camas disponibles —se disculpaba el Marido políglota de La Dueña, mientras conducía su camioneta con una parsimonia lacerante.

Prado es una ciudad pequeña, serena, la pachorra de la gente es producto de una vida sosegada por el sol, la brisa del mar y del río, las altas y bajas de las temporadas turísticas. El litoral sur de Bahía es territorio de los indígenas, ellos están ahí, su presencia es intangible y portentosa. Este lugar es bastante nutritivo, me viene bien, me dije.

—Ese es mi hostal —señaló.

El hostal quedaba sobre la avenida principal, dos calles separadas al medio por una platabanda amplia en la que se alternaban trechos de plazas, locales de comidas y bancos. La pensión se parecía mucho a una casa. El cuarto era sencillo. Una cama de dos plazas ocupaba casi la totalidad del espacio, una mesa al pie de la ventana con vista al pasillo de entrada, un pequeño baño que en el primer uso vomitó los residuos que había descargado.

—La cama es buena para la columna —insistía don Dimas, dueño de la pensión.

Si algo había aprendido muy bien en este país tropical, era a desconfiar cuando una persona insiste en que algo es bueno. Porque, generalmente, es todo lo contrario. Y, efectivamente, la cama era un cajón de madera forrado con una insignificante capa de gomaespuma. Al parecer, el Marido percibió la incongruencia y antes de irse me ofreció un colchón si no me agradaba la cama. No acepté.

Existen ciudades táctiles y ciudades pictóricas. Por ejemplo, Ouro Preto es una ciudad pictórica, todo lo que puedan abarcar nuestros ojos, transmite una sensación de pinceladas o de composición visual. La irregularidad del terreno, las zigzagueantes calles y sus paralelepípedos combinan con la inclinación amenazante de las paredes blanqueadas de las casas y sus balcones vivaces; y si, en determinado horario del día, detenemos la vista, experimentaremos un encantador trance estético. En el caso de Prado, la experiencia se parece más a la evidencia física del sexo. Prado es una ciudad táctil como la mayoría de las ciudades cercanas al mar. Incluso, acá, en el litoral, el encuentro del río con el mar y la vegetación atlántica impacta nuestros sentidos desde el primer instante. A un kilómetro del mar, del lado de la terminal de ómnibus, el dominio del río y su humedad; en la costa, el poderío del mar, las cosquillas de la arena en los pies, el vigor del viento tensionando la piel, el cabello, el olfato. Camino por la playa con los pezones erectos, con el sexo anhelante, gobernado por el frenesí de un presentimiento: Aurora está ahí afuera, en alguna barraca de esas tomando una cerveza con sus amigas. Camino por la playa anticipándome a su llamado, a su voz. Sentarse, esconder la emoción provocada por esa anticipación, por esos desechos de memoria en el bañador.

Todavía no conocía el bar, así que al regreso de la playa tomé un baño, me perfumé, elegí vestirme con ropa de ciudad, nada de bermudas ni de ojotas. Una estrecha escalera caracol conducía a la cocina. Ya nada me sorprendía, es la vieja historia de querer más de lo que se puede tener. Una exigua cocina doméstica, eso era, lo que representaba un problema para mí porque, difícilmente, la visible y crónica insatisfacción de La Dueña, iría a aceptar menos que hipérboles resultados. Para mi suerte, llegué en su mejor momento post parto. Eso último fue un sarcasmo, para resumir las horas de inconsistencia emocional que tuve que soportar.

Cuando subí, dos mujeres de ojotas preparaban algunos alimentos sobre una pequeña mesada increíblemente alta. Sospechaba que el Marido políglota, por añadidura, era carpintero, porque la mesada fue ideada para una persona de un metro y noventa como él o como yo. Saludé y pregunté quién era María.

—¡Soy yo! —respondió la más joven. La de más edad me miró sonriendo, y largó la pregunta infaltable— ¿de dónde sos?

A la mitad del expediente, entra el primer pedido de la noche: una hamburguesa de la casa. En un ángulo de la parrilla, acorraladas por el calor estaban las desdichadas hamburguesas. María —que además era la gobernanta del hostal del Marido— saca de la heladera un balde de aceitunas con la salsa secreta de la casa. Mientras castiga una desdichada hamburguesa con un poco más de fuego, corta el pan por la mitad y lo pone en la parrilla para tostar. La cebolla caramelizada estaba recién hecha sobre el modesto fogón de dos bocas. Con una parsimonia antológica, María se detiene.

—¿Sos casado?

—No, soltero, ¿por qué? —inquirí conociendo la respuesta que su mirada insinuante me adelantaba.

—Es que mi amiga aquí está buscando novio... la podrías invitar a tomar algo, ¿no?

Su amiga se llama Aparecida, es *cafuza,* tiene el cabello negro azulado muy largo y suelto; María habla por ella mientras ella sonríe, me cuenta que tiene un hijo adulto, que es trabajadora y aunque no parezca tiene cincuenta y cinco años. Pienso que como Aparecida serán las mujeres que me enamoraré cuando tenga esa edad.

—La Dueña me dijo que habría apenas una persona en la cocina —indagué por curiosidad, creyendo que Aparecida sería la cocinera que yo iría a entrenar.

—Sí, solo yo hasta que encuentre una nueva cocinera, Aparecida solo viene a ayudarme, no cobra nada.

—¡Cómo que no cobra nada!

—Sí, a ella le gusta estar acá, en la cocina —replicó María aplastando el pan sobre la hamburguesa.

—No, no está bien eso —me callé por la indignación atravesada en la garganta, pero retomé el comentario—tiene que cobrar el día.

El ascensor montaplatos bajó la hamburguesa traqueteando. Lana apretó la traba de seguridad y llevó la hamburguesa afuera del bar. El ascensor, como era de imaginar, también era obra del Marido de la Dueña.

A la mañana siguiente, salí a la calle con un apetito feroz. Encontré una panadería a la vuelta de la pensión, frente a la plaza de la avenida principal. Pedí café con leche y un sánguche de queso. La mañana estaba espléndida, una delicada brisa dentro del local hacía circular los olores de pan tostado, mortadela, quesos derretidos y café torrado.

—¡Buen día! ¿Cómo estás? —dijo Lana sentándose a mi mesa.

Así comenzó nuestra amistad. Desayunando juntos, hablando sobre la vida, conspirando contra patrones, nombrando a nuestros amores, tan lejanos y perdidos en el fondo de nuestras vidas que parecía increíble concebir que estábamos en la misma ciudad por causa de ellos. Lana es alta, esbelta, el sol le ha regalado un vestido ajustado de caramelo que resalta el rubio de sus incipientes vellos corporales. Tiene los ojos miel, igual que yo, y el cabello es rizado, castaño. Ha elegido Prado como castigo, por rabia, por descontento amoroso. Lana es del interior de Bahía y es la única mesera del bar. La Dueña nos llama de hermanos. De hecho, es lo único sensato que le escuché decir en todo ese tiempo. A veces, Lana tiene dinero, otras no, todavía le está pagando los días del confinamiento a La Dueña. El arreglo entre ellas dos (que en realidad es y siempre será más conveniente para el que tiene mayor poder económico) fue recibir un salario todos los meses hasta levantarse la restricción municipal de atención al público. Yo gasto mis ahorros para pagar mi comida y la de ella cuando no tiene.

—¡Qué extraño que haya desaparecido así, tan de repente! ¿Disculpá que te pregunte, pero vos no le habrás hecho algo?

—De ninguna manera. Si yo la hubiera lastimado, ofendido o algo por el estilo, por lo menos tendría una razón para entender la desaparición.

—Entonces, amigo, hay que resolver ese enigma ¿Qué tenés pensado hacer?

Le conté con lujo de detalles mis hallazgos y casualidades de los últimos meses. Era la primera vez que expresaba y analizaba lo que había en mi cabeza y en mis actos. Escucharme infundió cierto orgullo y terror por la agilidad con que me subo a los naufragios. A lo mejor, el terror que yo mismo me infundía, estimuló la necesidad de escribir. Sumado, claro, a que la ciudad me provocaba una sensación de fascinación física. Escribir se había convertido en una necesidad innegociable. Lo hacía hasta que era interrumpido por la inestabilidad de la conexión de internet de la pensión. En el pasillo la señal mejoraba, así que rápidamente se volvió mi lugar de escritura, a la vista de todos. En otros tiempos había tenido arrebatos de escritura, pero en esta ocasión, lo que me llenaba de emoción y entusiasmo era que tenía un posible método para dar continuidad al trabajo cuando la inspiración se agotaba o cuando mi conciencia la reprimía.

Leyendo a Stanilavki entendí mejor cuánto es de importante el trabajo sistemático para mantener la frescura creativa. Lo que yo hacía no era muy diferente de lo que hace un actor, apenas diferimos en los medios que usamos para expresarnos. El cuaderno que estaba destinado a desarrollar el menú del bar, se transformó en cuaderno de anotaciones. En él me ejercitaba, pulía las ideas que después subiría a la nube. Cuando el flujo creativo me abordaba lejos de la notebook o del cuaderno de anotaciones, no me lamentaba, aceptaba las ideas, jugaba con ellas. Y cuando no había flujo, le daba vueltas a lo que ya había escrito y evaluaba los sentimientos que me provocaba. Eso me ayudó mucho en dos cosas importantes: la primera, que debía comportarme de manera orgánica con mis ideas; y segundo, que esas mismas ideas y el trabajo que ejercían sobre mi tiempo, me imponían vivir el presente. Desarrollar el menú se tornó una cosa anexa. Debía continuar la corriente de esta novedosa apoteosis en mi vida. Sobre la opinión que merecía mi memoria, no había cambiado gran cosa. Los destellos, las inconsistencias, las incongruencias continuaban, pero comencé a entenderlos como parte de los recursos imaginativos. Después de todo, nadie, hasta el momento, domina de forma consciente el arte de los sueños.

Mientras charlábamos llegó Tauane con su caja de elementos para tatuar. Lana se tatuaría un atrapasueños en el hombro derecho. Una línea látigo que se enroscaba y volvía a emerger generando profundidades y abruptos movimientos. Tauane había pasado una semana entera intentando fusionar los trazos pataxós con esa línea tan conocida. Y el resultado fue excepcional. El atrapasueños por momentos parecía adquirir indicios biomorficos, una pororoca recordando el encuentro del mar con el río, una curva sutil, etérea, de puntillado, un ala o el ojo de un búho. Lana aliviaba su ansiedad con un porro, entretanto, Tauane pegaba el papel adhesivo para calcar el dibujo en el hombro.

—¡Qué bronca, viejo! Estoy presa en esta ciudad de mierda... no gano nada en ese bar y todavía tengo que pagar esa deuda. Anoche el imbécil del Marido me llamó la atención delante de unos clientes... él no tiene autoridad para hacer nada en el bar, además que es un ignorante.

—No sabía que él iba al bar.

—Se queda en la caja, la Dueña ya me dijo que él no tiene autoridad para decirme nada, pero él siempre está para romperme la paciencia.

Lana suelta una nube de humo al final de la palabra paciencia. La nube le cubre el rostro por unos segundos y desaparece.

—Ni bien termine de pagar vuelvo a Trancoso, no aguanto más esta ciudad.

Tauane acercó la silla, vio que la tinta se había secado y exhortó a Lana a mantenerse quieta.

—¿Dan, vamos a la playa después? —dijo en el momento en que la máquina comenzaba a vibrar.

Era la primera vez que veía a Tauane y me sorprendió la invitación. A veces, me preguntaba cómo era que se inician las amistades, cómo es que el primer paso, casi siempre anodino y tan significativo, acaba olvidado. Un gesto que en la infancia es algo consustancial de ser niño. Cuando querías jugar ibas a buscar a tu amiguito para ello; cuando estabas en el parque y querías jugar a la pelota entrabas en el juego, entrar formaba parte del juego, no importaba si conocías o no a tus ocasionales compañeros. Todo era más natural, del mismo modo en que Tauane me invita para ir a la playa, yo le respondo que sí, sobrecogido de alegría. Debo tener unos quince años más que Tauane, ella me acepta como soy, me permite evaluar su fuerza espiritual en la invitación, retribuir con un sí es enaltecer un nuevo vínculo y a su persona. Cumplir con mi presencia, además de aceptar, es lo que transforma un encuentro circunstancial, desinteresado, en la primera manifestación de la unión espiritual a través de la amistad. Podría desconectarme, forzarme al desapego, de cualquier forma, mi partida tenía fecha, hemos aprendido a no comprometernos con el presente y con las personas que aparecen bajo ciertas circunstancias.

Fue así que podría haber hecho con Aurora. ¿Sin embargo, habría vivido tan intensamente lo que viví si me abandonaba a la vaga noción de final y no a la prueba física de su presencia? Definitivamente, no. Hoy soy quien soy por habérmelo permitido, por aceptar la plenitud y el esplendor del presente continuo.

Es de esa manera que estoy acá, en un cuarto con dos mujeres con historia, fulgurantes, llenas de deseos de vivir y que me honran con su confianza. Lana nos cuenta cómo es que durante años aceptó la cura de la homosexualidad que le imponía su padre, pastor evangelista, cómo es que fue novia de un hombre que despreciaba, cómo fue que se fugó de la casa de sus padres. Y la fuga le otorga el resplandor de un amor, conoce a Tina en Trancoso. Y el amor resplandeciente es contagioso, porque Tauane soltó por unos segundos el pedal de la máquina para declarar que ella odiaba estar enamorada, pero que lo estaba de su loca novia que la manipulaba con el perro, y que tendría que desplazarse hasta San Pablo para recuperar el perro y un poco de estabilidad emocional.

—Vas a terminar cogiendo —dije sin pensarlo demasiado, porque sentía que la palabra viajar en ese momento significaba ir al encuentro, retornar a un lugar.

Y ese lugar podía llamarse Tina, Luiza o Aurora, a nadie le importa, lo que sí importa es que ese lugar nos ocasionaba picazón en nuestro centro vital.

2

Una pausa.

Me la impone mi nuevo vecino. Él mantiene el equilibrio con un bastón ortopédico y deja caer todo su cuerpo sobre el marco de mi puerta.

—¿Vos vivís aquí? —Lo veo tratando de estabilizar su peso sobre la pierna buena.

—¡Sí! —Me levanto de la cama donde estaba escribiendo y le extiendo mi mano—mucho gusto, soy Daniel.

—Mi nombre es Haines —Aprieta levemente mi mano y siento la última falange de su dedo meñique rígida hacia mi palma.

—Soy alemán, vivo aquí al lado —me dice manteniendo su mirada firme, tal vez esperando alguna reacción mía.

Desde la puerta intercambiamos algunos conceptos generales de nuestras vidas en Brasil.

—Yo viví treinta años en Río de Janeiro. Conozco todo mundo, estudié pintura de automóviles, trabajé muchos años con autos —Nombra las marcas más caras del mundo y finaliza con un gesto con la mano que reconozco muy bien, porque en Argentina también se usa para identificar las actividades felinas.

—Todos mis hijos viven afuera. Este país fue bueno cuando yo llegué en el setenta y nueve con los militares.

El tono de su voz oscilaba permanentemente y un grotesco tic nervioso lo obligaba a humedecerse con la lengua la comisura de su boca. Pensé que era un degenerado intentando seducirme. Sus ojos grises azulados, casi transparentes parecían plastificados. Un terror me absorbió cuando dijo militares. Me puse la musculosa y salí al largo pasillo que conducía a cada una de las habitaciones. Me apoyé con los brazos cruzados sobre la pared de la casa lindera, alarmado por algo que no supe identificar. No fue apenas el hecho de haberme dicho abiertamente que era ladrón de autos importados o que considerase la mejor época de Brasil cuando estaban los milicos en el poder. Fue su voz plana y pausada, cuando dijo tráfico de personas. El día que llegué, el señor Dimas, dueño de la pensión, me hizo un *tour* por cada uno de los cuartos. Todos con las puertas cerradas en ese momento.

—Aquí vive la chica que es moza en el bar donde vas a trabajar, se llama Lana. Acá, un chico que casi no viene, usa el cuarto solo para dormir, trabaja en una empresa de pollos y acá vive un alemán —El señor Dimas acentuaba la nacionalidad con cierto orgullo.

—Vos no tenés para cocinar ahí, ¿no? —me pregunta Haines mientras busco en la pared una posición relajada para disimular la tensión.

—No, no tengo, como en la calle o en el bar —respondí.

—Yo tengo, mi casa es la única que tiene cocina —Finaliza con el tic nervioso y deja ver grandes dientes manchados y separados—¿Vos de qué trabajas? ¡Ah! Cocinero no gana bien, muy pobre. Yo tengo una hija campeona de jiujitsu, y su marido es socio de Arnold Schwarzenegger. Son muy ricos. Ella es modelo, blanca, muy linda. El salario en Brasil es malo, mi hijo trabajaba en Petrobras y ganaba veinte mil reales, ahora trabaja en Australia haciendo lo mismo y gana veinticinco mil dólares. Cocinero es un trabajo duro.

—Sí, es duro, a pesar de que mi trabajo me da cierta libertad, soy asesor, es un poquito diferente de los cocineros.

—Sí, chef, pero es pobre. Yo estoy bien, tengo un departamento en Stuttgart, siete mil euros por mes y soy jubilado acá y en Alemania. Pero no puedo salir —Y fabrica un hashtag con los dedos de cada mano.

Haines es buscado por la Interpol, por eso sus ventanas siempre están cerradas. Por eso finge que es ciego y que necesita bastón ortopédico para caminar. Quizá Haines no es su verdadero nombre. Sus ojos plastificados son una consecuencia del aguardiente que le insufla valor para salir y hablar de su vida. La noche había llegado y cambié mi lenguaje corporal apuntando para entrar a mi cuarto. Haines entendió inmediatamente y estiró su brazo para saludarme.

—¡Hasta luego! Voy a beber un poco con mis vecinos.

Y esta vez, no fue tanteando la pared de los cuartos como lo había escuchado algunas veces, si no que fue derechito por el medio del pasillo en dirección a la calle.

Prado es la ciudad de los zopilotes negros y de los desquiciados. Con frecuencia nos encontrábamos con hombres perdidos en su interior, la superficie, aparentemente era la continuidad del mundo en el que habitaban. Además, algunos exhibían demasiada picardía, como el que un día se me acercó, una mañana en que esperaba a Lana en la panadería. Yo disfrutaba de un café y un pedazo de torta de yuca cuando un hombre pequeño, de unos cincuenta años —pese a contar con toda su melena en el color original y la piel aún tersa— se paró frente a mi mesa y comenzó a hablarme.

—Yo no los soporto —dijo con voz firme y amigable; escrutaba mis ojos, mi rostro.

—No los soporto, encima usan aritos y tatuajes, es una aberración, ¿no te parece?

Miró a su alrededor buscando a alguien imaginario que lo había llamado.

—Mirá, viejo, mejor andate de acá, dejame tomar mi café en paz.

La conminación en la tensión de mis músculos y el amague por levantarme fueron recibidos por mi visitante, instantáneamente. Se echó a andar y desapareció en la esquina. O el señor Juan, como le decía el dueño de la panadería que solía llegar reptando por el cordón de la vereda hasta la puerta del local. Permanecía sentado ahí, sosteniendo una expresión casual en su rostro, indiferente a los ocasionales transeúntes que contemplaban la escena. El dueño de la panadería le entregaba un vaso de plástico de café con leche y un pan y le imploraba para que fuera a tomarlo a plaza. El señor Juan, sin mirarlo a los ojos ni agradecer, sorbe el café con leche, muerde un pedazo de pan con los pocos dientes buenos que tiene y respira aliviado.

—¡Por favor, señor Juan, váyase de acá, molesta a los clientes!

El señor Juan, con ayuda de sus piernas saludables, se levanta del suelo, tira el vaso de plástico a los pies del panadero y cruza rápidamente en dirección a la plaza. La ciudad también contaba con el muchacho que vi en la terminal el día que llegué. Con Lana lo cruzábamos por las mañanas en nuestra oficina, en un rincón de la plaza, cercano a la señal de Wi-Fi de la panadería. Usaba siempre la misma ropa, apenas variaban las bolsas que colgaban en cada una de sus manos. Se sentaba unos minutos en un cantero cercano al nuestro y luego continuaba con su caminata en espiral por la ciudad. El pensamiento de los desquiciados se disuelve en sus propias existencias. Su erudición es burlarse del mundo de los normales. El desprendimiento, la abdicación que practican, impone una violenta angustia de validación por parte de los dueños de panadería, por ejemplo. El café con leche no es real, es alegórico, es una manifestación de esa angustia que los desestabiliza, que les recuerda ya no la miseria y el riesgo a morir de hambre o de ser quemado vivo en la calle, sino de saberse impotente ante la vida. Si los dueños de panadería se detuvieran a analizar ese tufo que les molesta, entenderían un poco más sobre las fuerzas que los domina, que los hace representar la farsa, que les hace vencer el deseo de arrojar el reloj despertador por la ventana y reptar por las calles. Se convertirían en revolucionarios. Para durar en esta vida, para ser, es necesario ser un desquiciado, abandonarlo todo, incluso la noción de sí mismo.

¿Acaso no era eso lo que yo vine a hacer acá? Recuperar mi lugar, mi existencia perdida, paradójicamente amando, volver a ser un desquiciado, sea por amor, por odio o por la pasión que se me antojase, en el corazón o en la garganta en algún momento. Restituirme, desprenderme del lastre que exige la impostura y la estafa.

4

¿Cómo es la cara del cambio, del encantamiento, del escándalo, de la magia, de la sorpresa? ¿Será que tiene dos ojos vibrantes, ignorantes de que son el escándalo y la novedad? ¿O será esa sensación incorruptible una especie de felicidad física que sentí en la playa ayer por la tarde? El fervor del sol ardiente en mi piel, el estallido de las olas a nuestros pies, la fuerza recóndita e imperecedera del viento salado y la presencia de Tauane que interrumpe el trance en el que estábamos.

—¿Dan, estás bien?

Siento su presencia espiritual mucho más intensa que su pequeño cuerpo dorado. Su cabello oscuro y brillante se agitaba al viento. Por el solo hecho de llamarme Dan y no Dani —como me llamarían en Minas Gerais— me sitúa en el presente. Estoy acá, en Bahía, no allá en Minas.

—Estoy bien, Tauane. Siento una felicidad, pero una felicidad física, de mis sentidos despiertos en el ahora, ¿me entendés?

Hacía tiempo que no me expresaba de ese modo, tan cristalino, sin rodeos. Tauane salta de dentro de mis ojos y mueve levemente su cabeza. Tal vez, ella entendió lo que quise decir, no necesita interpretar nada porque de algún modo comparte la misma felicidad que yo. Lana está a su lado, en silencio, también hipnotizada por el mar, su diosa Yemanjá que hoy está particularmente irascible.

—¡Está brava! Eso porque no le gusta esta gente que ensucia la playa —dijo Lana levantando una tapa azul de botella de plástico.

Habíamos caminado en dirección al lugar que frecuentábamos desde mi llegada, hasta la Barra, donde Yemanjá se abraza con su sensual hija Oxum y podíamos permanecer en silencio fumando al final de la tarde, solo nosotros. Pero esta tarde en particular, los turistas habían decidido llegar a la playa con sus asadores portátiles, sus conservadoras llenas de cerveza y estelas de basura y griterío por detrás. Una lancha con cuatro hombres ancló cerca de nosotros, del lado del río, se juntaron con otro grupo de personas que conversaban en voz alta bajo el intenso sol del mediodía con latas de cerveza en la mano. Los tres intercambiamos miradas como si aquellos otros fueran nuestros enemigos. Hacia el noroeste se organizaba un ejército de grandes nubes blancas.

Lana dijo:

—¿Vamos, chicos?

Y los tres entendimos que la magia había terminado, pero yo me quedé atrapado en el momento que habíamos experimentado: ¿realmente algo se había alterado dentro en ellas o en mí? Porque aceptar hacer esa asesoría por dos meses, cuando en realidad podría hacerla en una semana, demuestra mi disposición a entender qué había detrás del misterio inventado por mí mismo en los últimos meses. Bahía me llamaba, Bahía era una señal. Si bien, yo me sentía el portador de ese misterio. Los últimos meses, desde que me decreté vencido por la vida, por la pandemia, por Belo Horizonte, por Aurora, Bahía siempre surgía con tenacidad en mi horizonte. Aleatoriamente, pero factorizada y organizada, de una forma muy conveniente para formular mi gran interrogante de este tiempo: ¿qué pasó? ¿Por qué desapareció Aurora de mi vida? Tan intempestivamente y sin rastros como cuando reapareció. Porque Aurora está a doscientos once kilómetros, subir a una embarcación y atravesar el río hasta Arraial d´ajuda, Aurora está de gerente en el negocio de las tazas decorativas de su hermana Poesía. ¡Qué magnífico nombre, Poesía!

Poesía, sí, de poema, le respondió a Lana y soltó una sonrisa animada, y pude reconocer, a través del altavoz del celular, el timbre de voz y la sonrisa de Aurora. Aquella llamada que urdimos con Lana para constatar que ese negocio de las tazas existía y que todavía pertenecía a Poesía. Al oírla, un torrente de energía comenzó a fluir por mi cuerpo, atiné a dar un pequeño salto con los brazos abiertos hacia el cielo. ¡Oh, cielo! ¡Qué ganas de recorrerte que tengo!

Sin embargo, esa emoción se difuminó al instante cuando recobré el sentido de la realidad: todavía no había reunido el valor suficiente para achicar la distancia entre Aurora y yo. El mismo motivo que me llenaba de emociones positivas, por otro lado, me generaba un gran temor, el de la consecución de un objetivo, de la llegada, del final de tantos días de incertidumbre, de desvelo y de esa pregunta martillando en mi cabeza: ¿qué pasó? Porque evidentemente algo pasó, cambiaron muchas cosas desde marzo del año pasado. Yo cambié, aunque es difícil explicar cuál fue el cambio.

En particular fue el primer encuentro transcendental que tuve en la vida. Fue la primera vez que sentí y tuve la noción cabal de que era un ser arrojado a las fauces del tiempo y del absurdo, la primera vez que entendí lo que significaba amar en plenitud con cuerpo y alma a una mujer. Ser carne, huesos, piel, cabello, sensaciones, ser orgánico sin perder la conciencia. Así, sin tapujos, sin pensamiento, ser a través de cada momento que compartíamos porque sabíamos que serían los últimos de nuestra vida juntos. Corrijo: nos amábamos como si ese fuera el único día que teníamos. Y eso, mis queridos, si de algo tengo certeza en esta vida −aparte de la muerte asegurada−, no sucede con mucha frecuencia. ¿Cómo no responder a la pregunta de qué pasó? ¿Cómo saber lo que hay del otro lado del muro? ¿Por qué no parar de dar saltos y escalar para descubrir la casa del vecino? ¿Acaso todo este derrotero no es en sí mismo el sentido que cobró mi vida cuando ella apareció? ¿Acaso no es el amor el que busca su final en este presente? Prado es el antepenúltimo peldaño. Es el caos, la negación de la negación de este proyecto inconexo. Después sigue Porto Seguro y la embarcación para llegar a Arraial d´juda. Quiero entregarme a la realidad de esta provocación.

Leo estás palabras y veo que son reales, tienen materialidad a pesar de que quien las lea tenga el derecho y la obligación de saber que mi vida, los sucesos de estos últimos meses pueden no serlo y formar parte de magia, prestidigitación o simplemente olvido fingiendo ser rememoración. Me gustaría haber tenido la oportunidad de analizar detenidamente si estaba capacitado para ese tipo de economía, donde un gran amor engendra en sí la esencia de un dolor proporcional. Tal vez, detrás de las palabras de Aurora advirtiéndome que no quería nada más de lo que nos acontecía cuando estábamos juntos, se escondía una verdad para mí oculta. Y estar juntos dependía mucho de ella. Puede que, esta batalla feroz de meses sea el resultado del contrapunto entre la transformación y la futilidad de no reaccionar ante la vida, ante esa dependencia. ¿Será que Aurora fue la vida, la medicina y el veneno? ¿Será que el estremecimiento al escuchar su voz en mi mente, hablándome, mimándome, exaltando que mi cuerpo le proporciona el placer que jamás sintió, no es más que la manifestación, el repudio ante el esplendor de la transformación a través del amor y el deseo?

Con Thaynara nos mensajeábamos todos los días. Se me hacía cada vez más espinoso mantener la mente en dos estados, sobre todo cuando el margen de tiempo se iba acortando. Tarde o temprano tendría que ir a Arraial d'ajuda y no me gustaba la presión de Thaynara.

Ella tenía un poder para inventar cosas sobre cosas que realmente estaban pasando. Por ejemplo, me reclamaba atención permanente y justificaba la falta con la fórmula *las putas que debes estar cogiéndote*. En realidad, no había conocido a nadie como para tener tal intimidad, pero a ella no le importaba eso. Thaynara afirmaba y creía en lo que decía de tal forma que, a veces, yo tenía la sensación de no percatarme de la existencia de *esas putas* en mi cajón de madera. Conforme los días iban pasando, la atención que le daba iba mermando. Y, conforme a esa desatención, Thaynara incrementaba los ataques. Al inicio, fueron los mensajes por WhatsApp. Miles, en un récord de pocos minutos, la mitad de ellos borrados. Cuando yo le respondía, ella pedía disculpas, me aseguraba que eran para llamar mi atención. Cierto día me escribe preguntando:

15/10/2021 22:58- Thaynara: ¿Vos te sentís preso a mí por causa de la heladera? Porque de ninguna forma es mi intención.

Me había metido en un gran problema. Arruiné mi relación con Thaynara, tendría que regresar, vender la heladera, recomponer la relación, quería darle tranquilidad, pero no a cualquier precio. Este momento es mío, de nadie más. De cierta forma, esa situación aceleró el proceso. Comencé a trabajar en el menú. Si todo salía de acuerdo a lo que tenía planeado, en una semana estaría libre para irme a Arraial d'ajuda. Durante los días que me entregué a las dilaciones de la Dueña, estudié los ingredientes que usaría. La idea básica consistía en promover en la ciudad el uso de ingredientes nativos. Para mi sorpresa, en Prado el abastecimiento de plantas tradicionales era nulo. En los supermercados había menos de lo que podría esperarse: lechugas, col silvestre, cebolla de verdeo, perejil, yuca, ñame, zanahoria y paremos de contar. Tuve suerte de que cerca de la panadería había un vivero apenas inaugurado. El dueño, un pequeño agricultor entusiasta, quedó emocionado cuando le pasé la lista de plantas que iría a utilizar: língua-de-vaca, inhambu, coentro-da-india, taioba, caxixe, caruru, vinagreira y frutas, algunas con nombre de ciudades: mucugê (recordaría ese nombre en unos días), cambuí, melão coalhada. De emulsionantes para salsas y postres usaría aceite de dendê, aceite de coco. Sí, yo sé que estarán diciendo que el aceite de dendê no emulsiona, pero prueben hacer sus vinagretas con un toque de ese aceite mágico y me cuentan. Preparé las combinaciones de sabores de los aderezos y salsas, los dejé en la heladera para emulsionarlos llegado el momento. Sin embargo, la Dueña un día me avisa que quería hablar conmigo, urgente. Fui hasta el bar y esperé a que apareciera.

—*¡Quiero una prueba, ya!* —me dijo una persona que parecía haber despertado de un coma por la mañana.

Al día siguiente hice la prueba. La prueba de que puedo hacer un desastre si me presionan. Cuando vi la expresión de la Dueña sorprendida por la porquería (escribo aquí lo que ella no fue capaz de decírmelo en la cara) que le servía, vino a mi mente una película de Woody Allen en la que el protagonista rompía su registro de conducir en la cara de un policía que lo acaba de detener en la ruta.

Para abreviar el mal trance de mi experiencia con la Dueña y su Marido, al día siguiente pedí que me pagara el viaje de vuelta. Y de esa forma, le ponía fecha a la entrega de la carta. Supe por Lana que, al día siguiente, la Dueña convocó a una asamblea en el bar para mostrar las porquerías que yo tenía en la heladera.

—Por esto pagué una asesoría —se quejaba la Dueña arrojando mis pócimas a la bacha.

5

Debería escribir un libro sobre mis llegadas a las ciudades que visité. Bahía, sin duda, sería una de ellas. Las monumentales rocas que aparecen abruptamente, en medio de una planicie, es algo que merece algunas palabras. Por lo pronto, hago una mención de pasada. Porque iba camino a Porto Seguro. si mi memoria no me engaña, Alejandra me esperaba al final de la Mucugê en Arraial d' ajuda. Y de hecho me esperaba con Mel, su caniche. Sentadas sobre un travesaño de madera, que separaba un estacionamiento de la calle, me recibieron contentas. Alejandra desconocía el motivo de mi visita, no preguntó, no le conté. Pero antes de continuar por ese lado, vuelvo a Porto Seguro. Me bajé del colectivo, fui guiado hasta la balsa por un minero neopentecostal que vivía hace veinticinco años en la ciudad de Nhoesembé. Haciendo fila para pagar, una mujer joven reclamó a la cajera haberle cobrado el precio turista. En un pestañar de ojos, un hombre negro con una prominente barriga, de unos treinta años hablando por celular, levanta la voz y dice:

—¡Hola! Patrón, soy yo, el Bicho, surgió un esquema acá en la Balsa, están cobrando —interrumpe la conversación, sin cortar se dirige al cajero que le respondió a la mujer que no tenía cómo comprobar que ella era local.

—Vos, tonto, decime tu nombre —el tonto le responde espantado su nombre.

—El tontito de José está cobrando valor integral a los locales. Sí, sí, estoy mirándolo a la cara.

Al finalizar la frase, tres de los cinco cajeros se levantaron de sus sillas y comenzaron a dar vueltas como un trompo, tal vez, analizando que salir sería peligroso, y quedarse también. José, el ahora bautizado de tonto, le entrega un ticket gratuito a la mujer que había iniciado el reclamo.

Cuando me contaron que atravesaría el río en balsa, imaginé un catamarán como los que había visto en el lago Nahuel Huapi o en el dique El Cadillal. El que me llevaría al otro lado de la orilla, hasta Arraial d'ajuda, era un pedazo de hierro flotante sin motor, remolcado por una lancha. Cuando comenzó a navegar, a lo lejos, en el vértice bicolor que dividía el mar y el río, se veía cómo se formaba una incipiente pororoca. El mar era verde esmeralda, y yo ya podía escuchar las contracciones de mi corazón.

Algo de maléfico hay en matar algo y dejarlo vivo. ¿Cuál sería la restitución más justa? Mi respuesta fue escribir una carta y entregarla personalmente, no a ella, sino a una intermediaria para visibilizar lo que pasó. A pesar de que podría no ser leída y terminar en el bote de la basura, hubo un mensaje emitido, alguna insinuación, tal vez miradas cómplices e inquisidoras en la recepción.

Quizá alguna manifestación de rabia o desaforo. La carta tiene un peso específico propio, se significa a sí misma: ¿quién era el extranjero que vino a entregarle una carta a Aurora? Imposible negar la existencia de ese enigma. A lo mejor, sea el que detenga la red de acciones y emociones que se tejía en un claroscuro intangible, la misma red que restituiría mi persona. Pese a ser un anónimo, mi existencia es un hecho irrefutable: estuve ahí, la carta era mi metonimia, se podría decir.

Y Alejandra estaba con Mel apoyada en un travesaño de madera al final de la Mucugê. Nos saludamos como si nos hubiéramos visto ayer. Mientras hablábamos, un adolescente, flaco, fibroso como una caña de azúcar, se aproxima y saluda a Alejandra. Disfrutando de su libertad, después de dos años conoció la playa. Su última relación amorosa, la mantuvo en cautiverio desde su llegada a Porto Seguro. Entonces, mi visita coincidía con la celebración de esa libertad recuperada.

—Yo estaba loca —suspira y le enciende la brasa al faso—me dejé privar de todo, no me dejaba ni hablar con mi familia. Me controlaba en todo lo que hacía y yo se lo permitía. Imagináte, hoy es el primer día que vengo a la playa de Arraial desde que me fui de Beagá.

Las cervezas se acabaron y fuimos a comprar un par más. Con quien nos topábamos en el camino, Alejandra se detenía a conversar.

—¿Ya los conocías? —pregunté curioso.

—Los conozco de hoy mismo —respondió con una sonrisa.

Ese era el espíritu expansivo de la Alejandra que yo conocía. La mejor mesera con quien trabajé. Si elaboraba un plato nuevo o tenía exceso de otro sin vender, la llamaba para direccionar la venta y ella no sólo conseguía ser la que más vendía, sino que incluso era la más buscada por los clientes que retornaban.

Al regresar a nuestro punto de encuentro, Alejandra ya había armado un faso. Lo fumamos recordando nuestro paso por el bar mexicano, hacía mil años atrás.

—Vamos a la playa, mi amiga nos va a encontrar ahí.

—¡Pará, Ale! Yo vine a hacer alguna cosa acá, me estaba olvidando. Mi colectivo de vuelta sale mañana al mediodía, no tengo mucho tiempo.

Con Mel caminando a paso agitado a los pies de Alejandra, nos convertimos en el centro de atención de la playa. Una mujer y un muchacho se detienen elogiando la belleza de la caniche, mientras Alejandra suelta un sinfín de palabras, historias atadas con alfileres, ideas que se disparaban y desaparecían con la misma rapidez. Yo me reía de todo lo que veía: de Alejandra hablando sin parar, de los senos artificiales de la mujer, de la cara de zapato nuevo del muchacho, de la palmera que había cerca de nosotros, de la muchacha que escala a gatas la palmera para que su amiga le saque una foto del culo. *¿Es real esa chica subiendo la palmera? Estoy drogado,* pensé. *¿Y ahora cómo carajo hago para dejar la carta en este estado?*

Me saqué una selfie y me vi la cara demacrada. Mi piel tenía una coloración marrón fecal, tenía los ojos de una persona con ictericia, no me gustaba la camisa que me había puesto, transpiraba algún óleo terroso que se me pegaba a la ropa. *¡Mierda!* Comencé a implorar para que se me pase rápido, la tienda cerraba a las siete de la tarde, eran las tres. Alejandra y su amiga hablaban con un coctelero argentino que vendía tragos a pocos metros de donde abrieron sus cangas. Se veía a Alejandra interesada por el coctelero que gesticulaba como un artista circense, ofreciendo y desafiando a Alejandra a probar los mejores tragos que ella había experimentado hasta hoy. *Difícil, amigo, estás hablando con una experta en la materia,* le respondí mentalmente al coctelero que movía la coctelera como si tuviera un proyectil listo para ser lanzado al espacio sideral. Alejandra actuaba como si nunca hubiera probado una caipiriña de vodka barato.

—¡Delicioso! La verdad es que ganaste una nueva cliente.

Las chicas se sentaron y por un momento, entre sorbos de sus tragos y silencios, se dejaron hipnotizar por la vista del mar. Yo estaba aterrado, el pedo y el viaje no se me pasaban. Resolví levantarme, sacudirme la arena adherido a mi cuerpo y a la ropa y proferir una verdad a medias. Le dije a Alejandra que iría a ver si ya había abierto el lugar donde tenía que ir. Desandé el camino que habíamos hecho, observando detalles en los que no me detuve la primera vez que pasé. Estábamos en una playa de ricos. Había bares con decoraciones modernas, iluminados con luces estroboscópicas coloridas, djs tocando, reposeras blancas de madera y meseros con sus pantorrillas de acero (¿deberían llamarse reposeros?) yendo de una punta a la otra con los pedidos. El coctelero argentino atendía a los falsos ricos que economizaban sus tragos comprándole. Me metí por un intersticio entre las reposeras y mesas y salí por una calle de arena sinuosa con tiendas de artesanías, de comida de playa y de bebidas.

Cuando encontré la Mucugê la agitación de la playa y el fragor del mar se apagaban lentamente a mis espaldas. El rigor del sol se sentía más intenso. Entonces llegué a la esquina. Me senté en el banco y conté las personas que había dentro de la tienda. Tres. Mientras contaba, un argentino con fuerte acento pasaba cantando:

"...praia Brava, lua cheia, cadê Analua..."

Y desapareció calle abajo silbando con una alegría surfista. Escuché esa canción en Joinville, en casa de

Benjamín, pero por algún motivo era en Bahía que imaginaba esa playa, no en Santa Catarina.

Un muchacho joven, alto, delgado, una muchacha de la misma edad que el joven, uniformados con delantales se movían sin parar por el local como si hubieran perdido un broche. La persona que se mantenía erguida, sin levantar la vista del atril donde había una pantalla de computadora era rubia platinada, no era Aurora. Mi cuerpo experimentó una especie de descompresión, me desinflé en el banco y esperé unos minutos a que mis pulsaciones se normalizaran. La esquina era una sucesión de tiendas vidriadas con techos de paja seca al estilo pataxó. Desde mi posición se podía ver una galería interna y una pizzería pasando por detrás de las tiendas. La Tienda de las tazas tenía otra entrada desde la galería. Cuando conseguí tranquilizarme me incorporé y me dirigí a la galería desde el lateral opuesto que daba para la Mucugê. De nada ayudó mi tentativa por controlar la respiración. Pasé lentamente por la puerta de la tienda y pude ver el rostro de la rubia platinada que estaba en la caja. Además de tener el mismo timbre de voz, Poesía compartía rasgos físicos con Aurora. Aterrado por la semejanza, salí velozmente en dirección a la playa. Caminé sin pensar, sintiendo apenas la torpeza de mis pies acelerados y el sol ardiéndome.

La narración en tercera persona me tranquilizaría en este momento que escribo esos minutos en la calle. Es un recuerdo sensorial, palpitante. Podría decir: salió eyectado de la galería. Una urgencia díscola gobernaba sus pies. Cuando se detuvo lamentó no poder teletransportarse a otro lugar, alejado de toda esa gente que ignoraba a este recién llegado. Se dio ánimo recordándose que no era por amor que estaba en Arraial d'ajuda, no era para ver a Aurora que perdió dos vuelos y luego viajó cuatro mil kilómetros hasta el punto donde se encontraba. Recobró el valor y retornó al banco que estaba en la esquina de la Tienda de las tazas. Una vez recompuesto encaró directamente a la tienda, entró por la puerta que daba a la galería. Al transponer el umbral, Poesía levantó la mirada y saludó amablemente.

—¡Hola, buenas tardes! Soy amigo de Aurora —me escuchaba la voz de flauta tanteando las palabras, los ojos verdes translúcidos de Poesía eran una estufa que calentaba mis mejillas.

—¿Será que puedo dejar algo para ella?

Había imaginado decir que venía viajando de lejos y que era mi último día en la ciudad para darle un poco más de tensión a la escena y no dejar espacio a una negativa, pero la mirada amigable de Poesía me transmitía seguridad.

—Sí, sí, claro, casualmente mañana la veo en Beagá.

Ahora es cuando recurro a la invención de un dios para mantener un diálogo interior, porque la conmoción que provoca descubrir el paradero de alguien que desapareció tiene que ser compartida. *¡Mi Dios, está en Beagá!* Grité, y ese dios no me respondió, pero seguro estaba tan emocionado como lo estaba yo.

Metí la mano en la mochila casi vacía y ahí estaba la carta, con el sobre que yo le había hecho totalmente arrugado. Pude leer "Para Aurora" con lapicera azul. Vi mi mano temblando y los ojos curiosos de Poesía sosteniendo la carta.

—¿A nombre de quién la entrego?

Quiere saber mi nombre, yo existo en esta historia. Poesía está viendo una persona y quiere saber cómo se llama.

—Me llamo Daniel —mi voz recuperó su tono firme, y yo paré de ser un fluido informe diluyéndose sin sentido.

Poesía escribió mi nombre en el anverso del sobre, levantó la mirada y dijo:

—¡Listo! Mañana se la entrego.

No recuerdo qué fue lo que pasó en las horas siguientes. En mi memoria es de noche y estoy acompañado por Alejandra, su caniche y su amiga. Caminamos sin rumbo por una peatonal llena de turistas y artistas callejeros. Después nos recuerdo subidos a un auto, tal vez el auto de la amiga de Alejandra. Recuerdo que transitamos por una avenida de casas de millonarios y que hicimos fila para subir a la barca. Recuerdo que pasamos por la parte antigua de Porto Seguro y llegamos a una casa perdida en medio de matorrales. Recuerdo que la amiga de Alejandra me hizo un omelette y que dormí en un colchón que era de la caniche.

Al día siguiente me desperté temprano. Alejandra y su amiga dormían. El colectivo que me llevaría de vuelta a Prado salía al mediodía. Cuando Alejandra despertó, me invitó a desayunar, pero no acepté. Me despedí de ella y caminé algunas cuadras hasta la parada del colectivo que me dejaría en la terminal. Era domingo, la mañana olía a mar. Frente a la parada unos matorrales comenzaron a moverse, imaginé que era un perro, pero unos segundos después comprobé que era una mujer pequeña y que había un sendero en el matorral. La mujer me ignoró, bajó la calle en dirección opuesta y sin mirar atrás se levantó la pollera y meó. Retiré unos segundos la mirada de la escena para no incomodarla, y cuando la retorné ella se acomodaba el vestido caminando. Desapareció en otros matorrales más adelante.

Pasaron treinta minutos, una hora y el colectivo no venía. Miré en el GPS y vi que estaba a seis kilómetros de la terminal. Resolví caminar. Al levantarme, la mujer pequeña salió nuevamente por el mismo matorral de la primera vez y realizó la misma acción, pero esta vez sin mear. Caminé unos quinientos metros por una calle de tierra y el viento me trajo el ruido del motor del colectivo. Corrí hasta la primera placa de parada que encontré.

Éramos tres pasajeros, un muchacho negro escuchando música a volumen alto, una muchacha morena y yo. Luego de pasar el aeropuerto vi la terminal en el horizonte, me levanté y toqué el timbre, la muchacha me miraba. *A lo mejor, es la ropa y la mochila*, pensé. Cuando el colectivo se preparaba para frenar, le devolví la mirada a la muchacha para despedirme, ella me devolvió una sonrisa cómplice hasta que el colectivo desapareció.

—¿Hola, Lana? Entregué la carta... no siento nada.

—Está bien, amigo, te estoy abrazando ¿A qué hora volvés?

—Como a las cinco.

—Avisame cuando llegués.

Corté la llamada y respiré profundo. En la terminal pasaba lo que pasa en cualquier terminal: gente llegando y partiendo. El sol estaba alcanzando su punto más alto, en unos minutos llegaría mi ómnibus. Y comencé a llorar. Así, sin preámbulos. Sin labios temblando, sin gargantas anudadas. Lloré como debería haber llorado la noche en que Aurora desapareció cuando cerré la puerta detrás de ella sabiendo que nunca más la volvería a ver.

A Ouro Preto

1

Supe de la última gran mentira de Mónica el día tres de agosto, cuando íbamos en el auto con Maitê, rumbo a mi nueva casa. Ellas tendrían que haber llegado a Joinville el mismo día que yo salía de la ciudad, pero nunca llegaron. Hubo un silencio de radio por varias horas, al reaparecer, Mónica se presentó con una explicación demasiado engorrosa.

—Ella me mostró el comprobante de la compra del billete de avión, ahora me dice que cuando fue a hacer el *check in online* no le figura la compra, así que no salieron, intentó comprar otros pasajes, pero solo consiguió para dentro de un mes. Me voy a Argentina, no las voy a esperar.

En ese momento recordé lo que un día me habló Mónica acerca de los gatos.

—Son los guardianes del mundo invisible, representan el amor libre e independiente, desapegado. Son los bastiones de la magia y de la hechicería.

Benjamín sí las esperó un mes más, pero fue para despedirse.

Un día de viaje, una parada en São Paulo. El colectivo entró a la ciudad por una avenida con el nombre de un represor. Aprovechando esa parada, y luego del desencuentro en Beagá, por fin conocí a Raquel. La imagen que nos formamos de una persona que apenas conocemos a través de fotos y de mensajes de texto difiere considerablemente de la persona real. Llegué a encontrarme con una Raquel esbelta, de rostro puntiagudo, de grandes pómulos y una mirada reflexiva. Campera y pantalón de blue jeans, una remera con estampa oscura; traía una diminuta cartera marrón atravesada al estilo sash. Con la equis entre nosotros, se sacó la máscara azul que le dejó un surco a cada lado de las mejillas. La leve sonrisa, que se mantenía en su expresión, cesaba cuando ponderaba sus propias palabras. Aparentemente las palabras tienen otra densidad para ella, sopesa lo que dice. Soy mucho mayor que ella, su voz de muchacha soñadora y desconfiada me comentaba sobre la travesía de tren y Uber para llegar a la terminal a conocerme. Esas referencias me advirtieron de la inmensidad de la ciudad de São Paulo y me siento honrado con su visita. Hablamos sobre las eventualidades de la pandemia, de máscaras más seguras. Conspiramos un poco contra el gobierno, y luego me dijo que tenía que irse. Me gustaría conocerla un poco más, sacarla de ese personaje chejoviano en que la ha convertido mi vida, pero se va. Tal vez tenga la suerte de verla nuevamente en Beagá.

Al llegar a Beagá, fui directo a casa de Maitê. Le pedí ayuda para llevar algunas cosas que me servirían en la mudanza. A la cama la llevaría en otra ocasión si conseguía un flete a buen precio. Una intensa sensación premonitoria me alarmaba, sabía que iría a encontrarme con Aurora de sopetón en alguna esquina. Pero de ningún modo ocurrió, mi deseo desplazado como en un sueño buscaba realizarse, me mantenía en vilo, alerta a cada configuración de las calles.

Siempre quise vivir en Ouro Preto. De hecho, la primera ciudad que conocí de Minas Gerais fue Ouro Preto, en una exposición fotográfica en el centro cultural Flavio Virla en Tucumán. Fue una visión ver esas imágenes cuando leía Jorge Amado. Además, considerando los precios de alquiler en Beagá, la mejor opción fue Ouro Preto. ¿Pero qué carajo viene a hacer acá? Y la carta, ¿qué voy a hacer con ella? El deseo afilado de encontrarla me conducía a una encrucijada, a una querella: *vamos, no te olvidés, memori morti*, parecía decirme. Ya no recuerdo qué fue lo que escribí en la carta. Tal vez estaba borracho o drogado por el desamparo cuando la escribí. No me pregunto qué habré dicho, qué palabras usé o qué lamentos pude haber enunciado. Lo único que me interesa es que llegue a su destino. Tampoco espero encontrar a Aurora, aunque el deseo de verla es demasiado inflexible como para oponérsele. El propósito estaba claro: entregar la carta, deshacerme de la tensión que había en mi vida en los últimos meses. Me rehusaba a ser una no persona. La indiferencia a la que una persona condena a otra — eliminándola de su vida sin ningún motivo aparente, por ejemplo—recae con el peso de un conjuro, de una maldición. ¿Por qué no imaginar que esa carta es un contraconjuro? El conjuro consiste precisamente en quitar lo que nos hace humanos y nos construye: la mirada del otro y toda posibilidad de mirarlo. La carta cumple la función de un apotegma, eso es lo que es. A Espinoza le dijeron:

"...conjuramos que nadie tenga con él trato hablado ni escrito, ni nadie le haga favor alguno. Que nadie esté con él bajo el mismo techo; que nadie se le acerque a menos de cuatro codos de distancia; que nadie lea ningún papel hecho o escrito por él..."

Una no persona se construye con la indiferencia. El odio puede ser aleccionador, pero de ningún modo tiene tanto poder como el desafecto. Menos aún, si no se sabe lo que motivó el gasto de tanta energía de su parte para arrojarme a ese atolladero en el que no me reconocía ni yo mismo. La carta cumple el papel de medicina, es la cura que erguí como una defensa a mi esencia, para librarme del peso de su abandono, de su desamor. Nombrarla es nombrarme a mí mismo, es recuperarme.

2

El día estaba demasiado frío y lluvioso. Las ruedas del auto patinaban, así que tuve que bajarme para que Maitê intentase el ascenso. En realidad, lo que pasó es que quien dirigía era yo, y no se me da bien hacer cosas que nunca hice sin ponerme en riesgo. Y en este caso, nos ponía a los dos en peligro. De modo que, bajé mi orgullo machista del auto. El monoambiente pertenecía a una pareja de artesanos que conocí cinco años atrás cuando tenía el proyecto de mudarme a la ciudad. Quedaba a medio camino entre la plaza principal del morro São Sebastião y el mirante, por la calle principal.

El barrio era el equivalente bohemio de Santa Tereza de Beagá. Vecinos antiguos, ouropretanos mezclados con una clase media integrada principalmente por jóvenes formados en universidades federales. Treintañeros en busca de paz espiritual. Militantes tangenciales de los gobiernos bonapartistas sudamericanos, practicantes de budismo, fumancheros reformistas. Expertos con la guitarra y todas las canciones naifs que se pueden cantar en noches frías y húmedas como hoy. A las cinco de la tarde *o´clock*, habíamos escuchado un tintineo tibetano. De repente: silencio y en seguida la irrupción de una guitarra y enérgicos cánticos. Ríen con facilidad, los escucho pasar hablando por el largo pasillo que los regurgita a la calle con sus conversaciones inocuas, dispersas. Dividiría internet con la República de los Gitanos. Así se llamaban mis vecinos fumancheros naifs. Vinicius era el líder, fue quien me pasó la contraseña del Wi-Fi y me contó una breve historia sobre las repúblicas en la ciudad. En efecto, usó la historia y conceptos como cooperación, autonomía y autogestión para pronunciarse en contra de lo que venía ocurriendo con los llamados *trotes*.

—Lo que en la edad media servía para no propagar enfermedades (quemar la ropa, rapar el cabello), en la actualidad es el reflejo de la diferencia social, económica y de clase en el país.

Vinicius solo usa calzados cuando sale a hacer trabajo de campo por las mañanas. Es delgado, tonificado, saludable. Es estudiante de geografía y se indigna contándome sobre violaciones, hospitalizaciones por comas inducidos, violencia psicológica y moral permanente y, sobre todo, por la injusticia de que quienes lideran y sostienen esas tradiciones en las repúblicas gratuitas de la universidad de Ouro Preto, pertenecen a la burguesía nativa. Vaya bautismo de la ciudad que me dio Vinicius en menos de quince minutos. Los romances se vuelven más interesantes cuando hay injusticias que derribar. Ouro Preto comenzaba a despojarse de los velos de romanticismo en mi cabeza.

Maitê estrena el monoambiente conmigo, dormimos en el suelo helado. La felicidad es un absurdo, me siento el tipo más afortunado del mundo. La suerte es más importante, a veces. Acepto la abundancia de proyectos, todos ellos carentes de presupuesto. Sé que debería estar en Beagá contemplando posibilidades, visitas de amistades, encuentros con mujeres salvajes, llenas de vida. Paradójicamente, quiero quedarme en Ouro Preto, fortalecerme, ensanchar el alma como dice Extremoduro. Amar nuevamente.

Agosto es un gran mes. A pesar del olor a podrido de la ropa y del mofo por todo el monoambiente. Soy convocado para trabajar en un hotel para burgueses a unos kilómetros arriba de casa. Me pagan diez reales la hora, soy feliz aun cuando sea una miseria. Camino entre cerros y neblina para llegar al trabajo. Tengo una pequeña reserva de dinero, puedo vivir esta nueva tranquilidad en plenitud. He recuperado mi español. No escribo, pero algo en mi interior continúa la breve narración iniciada en Joinville. También recupero mi voracidad por la lectura. En mi tiempo libre, descubro a Elena Ferrante, Margaret Atwood, Annie Ernaux,

Virginie Despentes, Paul Preciado. Leerlos ajusta mi deseo al presente, no me precipito al horizonte como lo hacía antes de perder el avión. Mis nuevos amigos imaginarios ya no son unos vagos que creen en la mística de la vida bohemia, se parecen más a mí, me siento parte de una familia. El mundo ha cambiado, la literatura ahora es inevitablemente política e implacable, es el tiempo de los maremotos, de los volcanes que fueron silenciados por mucho tiempo, su voz es fascinante, irrecusable. Lo que yo hago no es diferente de lo que podría hacer un adolescente en su diario íntimo, a veces tengo ganas de desistir de ser escritor, mis amigos se olvidaron de esa ambición, yo también. ¿Para qué escribir? ¿Por qué escribir? ¿Para quién escribir? Solo se me ocurre una excusa: nombrar a Aurora, hablar de lo que pasó.

Bajo a la ciudad con sus voces acompañándome, ya no soy el mismo, no me desapruebo, no me juzgo, me complace mi cuerpo siendo visto por la ciudad. Un kilómetro en Ouro Preto corresponden a cuatro en Beagá. Salir de casa se parece mucho a una campaña militar, tengo que elaborar un descenso lo más eficiente posible, no olvidar nada, regresar implica interrumpir la expedición hasta el día siguiente. En mi mochila de ataque llevo un poncho de lluvia verde oliva con su etiqueta made in China, bananas, agua. Voy de botas porque las calles de piedras y paralelepípedos exigen respeto. Me detengo en las calles que no conocía, saco fotos, me siento y respiro el aire cotidiano del rincón elegido del día. Me gusta el barrio del Rosario, tiene la apariencia de maqueta, de cuadros que reproducen en serie los artistas locales de la ciudad para los turistas. El arte oficial que ordena el gusto por la naturaleza muerta. Bucólico y naif. Recordé un sueño que tuve hace algunos años. Una superposición de personas, en la que finalmente gana la de Benjamín que me repetía que el pensamiento humano, lo que conocemos como mente, en realidad es la secuela psicogenética de una gran pandemia mundial, quizá la primera. ¡La mente es un puto virus! Gruñía contento. Nada de pulgar opuesto, ni fémur soldado. Me divertía con Benjamín hasta en sueños.

El barrio del Rosario sería irreal si no fuera que cuando observo los grandes bloques de piedra pulida viene a mi memoria que fueron esclavos los que tallaron y construyeron con sus manos estas presuntuosas iglesias. La historia narrada, mítica, también es presuntuosa. Esperan de Aleijadinho un Miguel Ángel. De la lucha de clases colonial apenas su cara burguesa, la Conspiración minera; sobre la humanidad del negro que escapa de la esclavitud y su resistencia en los quilombos, nada. A la mujer vestida de blanco con su ramo de flores en la mano, parada en ángulo tres cuartos, hipnotizada por la voz del fotógrafo, a lo mejor no le interesa quién construyó con su sangre dos ciudades, ésta y la Lisboa del terremoto.

3

La rutina del hotel no es diferente de la de cualquier bar o restaurante. Mise en place sencilla, atender algunos huéspedes, adelantar trabajo para final de semana que, por regla general, son los casamientos. Somos apenas dos cocineros, Selma y yo, el chef se dedica a organizar el desayuno que lo ejecutan tres ayudantes mujeres, después desaparece. El hotel es una réplica de una casa grande colonial. Una sensación escalofriante me invadió la primera vez que lo vi oculto por la neblina matutina. A unos metros hay un molino de caña azúcar de madera maciza, muy antiguo. Todo estaba dispuesto como en un museo. solo faltaba la senzala, nosotros éramos los esclavos con derecho a libertad condicional. En cien años el sistema solo se perfeccionaba.

Trabajamos doce horas, Selma tiene permiso de entrar una hora más tarde, lo que le da tiempo de salir de la casa de la señora que cuida, ir a su casa para cambiarse de ropa y subir el morro. Tiene cincuenta y seis años y el espíritu de una adolescente salaz. Alegraba la cocina con sus historias lujuriosas. *Los hombres solo sirven para garchar y a veces ni eso*, nos lanzaba a la cara al chef y a mí, con su sonrisa socarrona. Esa misma persona jovial y distendida, a la hora de comenzar el servicio se transformaba en una gran líder de cocina. Yo acompañaba. Por algún motivo abandoné el deseo de liderar o él me abandonó a mí. Lo cierto es que me regocijaba seguir su ritmo, mostrarle que entiendo sus tiempos, que voy a estar ahí con las salsas, los risottos y las guarniciones cuando ella lo necesite. Sinceramente, ser cocinero profesional se convierte en una danza placentera y lúdica cuando tu mente está abierta y en armonía. Los ejercicios de respiración y de circulación de mi energía sexual mejoraban mis días y la forma en que me relacionaba con las personas. No obstante, lo que le daba sustento a todo era que mi capacidad de vivir el presente, que cada vez se agudizaba más. El infierno de los otros había cesado. Una reconciliación conmigo mismo a la altura de lo que estaba experimentando. Al final del expediente, Selma, el muchacho de la recepción y yo esperábamos en los bancos de los jardines del hotel la llegada del taxi que nos llevaría de vuelta a casa.

Cuando todo parecía ir viento en popa, recibí la noticia de que Maitê estaba con intensos dolores en su vientre. Ella tenía antecedentes de infecciones en las vías urinarias, así que me preocupé al saber que, días antes, había sido medicada, pero la infección no cedía. Fui a Beagá inmediatamente. Al llegar a la terminal, un mensaje de audio de Maitê me avisa que estaba internada en el hospital Israel Pinheiro, *acabo de salir del quirófano*, la escuché decir con la voz apagada. Me acreditaron en la entrada como cuidador, pasé la catraca y subí al quinto piso. Al abrir la puerta, Maitê descubrió dos ojos verdes del tamaño de dos Granny Smith debajo de las sábanas blanquísimas como ella. Era el cuarto de hospital más grande que había visto en mi vida. Con baño privado y un sofá que bien podía ser entendido con una cama para el cuidador. Guardarropa embutido, una mesa de noche a cada lado de la cama. Vasos descartables desparramados por todos lados, bizcochitos de *polvilho*, fruta. Yo le llevaba unas grageas de castañas de Pará con cacao que compré de pasada en el Mercado Central. La mirada de Maitê era oscilante, por momentos, parecía la de una niña que ve en el otro la preocupación de lo que sucedió y anticipa el llanto, y en otros momentos, una Maitê que desconozco, de una mujer que acepta la crudeza de lo que le está ocurriendo.

—¿Cómo estás?

—Tuvieron que extirparme las trompas para detener la infección —me reportaba con distancia de los hechos, no comunicaba sensaciones, ni sentimientos.

—Me dejás muy preocupado, prometeme que vas a cuidarte más a partir de ahora. ¡Prometeme!

Como era una costumbre entre nosotros, el patomaníaco era yo, quien estaba conteniendo las lágrimas era yo. No obstante, la que estaba en la cama, dolorida, medicada, con un vacío que ya tendría tiempo para elaborar, era ella. Hay cosas que no se pueden compartir, y esta cirugía es una de ellas. Reemplacé a su hermana que recibió agradecida la noticia. Esa noche probaría el sofá y dormiría una noche en un hospital en plena pandemia. Cerca del mediodía, oliendo el aroma a comida que provenía del pasillo, se me ocurre mandarle un mensaje a Raquel para invitarla a almorzar juntos. Afortunadamente, respondió más rápido de lo esperado, había retornado a Beagá. Quedamos en encontrarnos a la una de la tarde en el Bolão de Santa Tereza. Llegué primero gracias a la ansiedad que guiaba mis pasos. Me senté en la penúltima mesa antes de la esquina, disponía de un campo de visión de ciento ochenta grados como para verla llegar. A la una y cinco minutos un taxi paró sobre la Mármore, en la vereda de la ferretería. La vi pagar, bajar y fingí no haberla visto, no aguantaba, quería verla llegar. Caminó a gran velocidad, trajo una bermuda beige con cinto negro (o tal vez marrón oscuro) y una remera blanca con estampa por dentro de la bermuda. Trae el cabello recogido y un bigote de gotitas de sudor. Su esencial cartera al estilo sash. Es realmente una mujer deslumbrante. Tiene las piernas blancas y fuertes, creo que me enamoré de sus pantorrillas cuando la vi andar. Se podría decir que se parece a la odalisca de Ingres, pero sería afirmar que es lánguida, etérea, una criatura delicada, aparentemente sin huesos. Por suerte, Raquel no es una creación mística de la femineidad, es una mujer real y estaba sentada aquí, frente a mí.

—¿Cómo está tu amiga?

—Está bien, está descansando ahora, mañana le dan el alta.

—¿Vas a dormir en el hospital con ella? —afirmé moviendo la cabeza.

—Qué bueno que ella puede contar con vos.

—Es mutuo, ella también es una persona presente, somos buenos amigos.

—Creo que es muy considerado de tu parte venir de Ouro Preto para ayudar a tu amiga.

—¡Gracias! Sí, Maitê es una persona muy querida.

—Y pasar por una cirugía de urgencia, y encima de las trompas... *preciso* de apoyo —Suspiró ajustándose el cabello.

Esa pequeña inconfidencia involuntaria que se filtró, me recordó que yo realmente estaba roto. Estaba dejando pasar la última posibilidad con Raquel, y ella lo sabía.

—Creo que no nos vamos a ver nunca más, ¿no? Yo entiendo —dije exhibiendo mi mejor cara desconsolada.

—No sé qué responder a ese nunca más —sacó los brazos de la mesa y se apoyó en el espaldar de la silla.

—Tenés razón, parece una despedida. Nadie lo sabe.

—Varias veces me dejás sin saber qué responderte, tenés ese don —sonríe, quiebra la solemnidad en la que yo nos había metido— Tal vez, porque no espero que seas tan espontáneo, que digás cosas que no espero.

—Me gustó verte bajar del taxi, creo que no voy a olvidarlo nunca más.

—¡Ajá! Ahí está de nuevo el Daniel melodramático. Yo estoy curando algunas heridas todavía, es por eso que soy tan minuciosa cuando hablamos.

—¡Soy melodramático e hiperbólico! —Se lo digo abrazando la inmensidad, abarcando un espacio desmesurado con los brazos para verla sonreír nuevamente.

—Agua salada ayuda.

Baño de mar, Dalí y el baño de mar para Lorca.

—Yo también soy dramática, solo que soy tímida, vivo mis dramas conmigo misma.

—Yo tengo miedo del olvido, del tiempo pasando.

Terminamos nuestros *tropeiros* y la cerveza. Ella tenía que volver al trabajo y yo al hospital. No hubo beso, apenas un abrazo temeroso de consecuencias. Al regresar al hospital encuentro a Maitê de buen humor comiendo grageas.

—¡Riquísimas! No sabía que eran tan deliciosas. Suspira y saca otra gragea de la bolsa.

—Te veo de mejor ánimo, hasta recuperaste el color.

—Es que movilicé mi energía ¿Me levantás un poco más el espaldar de la cama?

Giré la palanca y subieron los pies.

—¡La otra, boludo! Eso, ahí está bien. ¡Gracias!

»Creo que tengo un trauma por la vez que salí del cuerpo. No sé si te conté. Es una experiencia muy personal... no te hablo mucho sobre eso porque vos no creés y te burlás.

—Podés contármelo ahora, tenemos hasta mañana. Dale, me interesa saber.

—Hace unos años estaba practicando una técnica que nos enseñan en concienciología. Ya había tenido varias experiencias, pero ese día, desperté en medio de la noche, estaba tranquila, sintiéndome suelta, así que pensé en practicar salir del cuerpo. En el momento en que salía de los pies, sentí un miedo extremo, como si alguien me tirase de los pies. Eso fue una violación. Me sentía vulnerable, y yo pensaba que estaba sola y esa presencia me perturbó demasiado.

»Pero, todo eso fue una impresión mía, ¡no puedo decir que la presencia era real... ¡Cuidado! Eso en algunas líneas de la psicología es pura alucinación. En ese terror, trabé algunas partes del cuerpo y las de sentir emociones. El miedo era tan grande que trabé el sentir de las emociones —completó con voz nerviosa.

»Tengo eso en el cuerpo hasta hoy, un miedo aprisionado que estoy accediendo de a poco, ahora que no tomo remedio y en terapia para ir disolviendo las cáscaras emocionales. Cuando me ahogué a los dos años, una persona me sacó del agua por los pies, como si fuera una sábana. Estaba boca abajo en el agua cuando fui encontrada. Tal vez, ese recuerdo fue el gatillo de mi experiencia cuando salí del cuerpo.

»El sentimiento es miedo de peligro de vida. A partir de ahí percibí que podía conversar con mis miedos, que algunas frases me calmaban. Una de ellas es: no estoy en riesgo para la vida.

Tanto kung fu sexual hacía de mi energía, de por sí intensa, lava caliente estallando metódicamente. Ya no tenía que forzar mi mente para controlarla, ahora, sin controversia, la encauzaba a fuerza creativa y fuerza física. Sin embargo, nadie es de piedra, según la sabiduría popular, que ninguno de nosotros puede refutar.

Cuando vi a Thaynara bajarse del ómnibus, contemplé a una persona debatiéndose en una situación poco práctica y embarazosa. Luchaba para mantener el equilibrio con una gran mochila pesada en la espalda y una bolsa de tela colgada del hombro; en su mano izquierda llevaba una botella de aluminio con agua. Nos saludamos y cuando la abracé sentí un breve temblor en su cuerpo. Ya me había advertido que ella era demasiado tímida, y de antemano se disculpaba por cualquier silencio o comentario ridículo que pudiera proferir. Afirmaba que no le gustaba el *sexting*, pero que tenía un apetito voraz por tomar clases de lo que fuera necesario para poner al día su tediosa vida sexual. Pensándolo bien, la novedad del Tao Sexual en mi vida, se exhibía en ese momento, como alardeo de *xavequeiro*. Pero me interesaba profundamente. Me dedicaba con determinación porque ya tenía registros en mi memoria de lo que se podía llegar a saborear. Es de ese modo que un músico precisa encallar sus dedos, acostumbrar su espinazo a horas sentado de prácticas. Debía comer moviendo mi pecé, hablar respirando profundamente, dormir haciendo circular mi energía. No podía ser un impostor. Me deleitaba vivir mis horas sin propósito alguno, en el éxtasis de un niño adulto que da de frente con una verdad: lo místico de muchas cosas, es la falta de verbos para explicar una experiencia íntima, particular. Yo no necesitaba demostrar nada, estaba siendo, simplemente era ese Daniel jugando con su cuerpo a ser libre.

Con las primeras cervezas se le aflojaron las cinchas, entonces, Thaynara dijo con voz anhelante, como si deseara salirse de una situación penosa, que sentía mucha presión al saber que había alguien con quien yo había vivido una experiencia sexual trascendental. Lamenté haberlo comentado, desconocía en aquel momento la caja de pandora que era su mente. Intenté transmitirle seguridad y confianza, después de todo, no estábamos obligados a tener sexo, lo habíamos hablado. Pero Thaynara aprovechó un instante en el que me incliné para sacarme las zapatillas y saltó sobre mí sin violencia, con técnica. Se había transformado en una chita hambrienta. Caímos en la cama: ¡LA CAMA! ¡Del lado del abismo! ¡El lado de Aurora!

Me besó agitada, me mordió y lamió el cuello y las orejas. Se montó sobre mí. Yo intentaba sincronizarme con ella, intenté conectarme con los ojos, ella tenía la mirada perdida, aparentemente en un Aleph que le mostraba fragmentos de mi cuerpo, con dificultad para diferenciar el interior del exterior. Mi presencia se confirmaba en ráfagas, destellos que la traían nuevamente al cuarto, a la cama. Jadeante, se acordaba que yo estaba ahí, debajo de ella, pidiéndole para respirar junto conmigo. Cuando terminé la frase, Thaynara se precipitó sobre mí nuevamente y comenzó a desvestirme.

5

Interrumpo el relato, he comentado a Thaynara lo del libro: dijo expresamente que no quiere ser mencionada en él. Al parecer, yo sería lo suficientemente cruel al describirla. Es claro, apenas borré la palabra neurótica que había utilizado más arriba. Ha pasado un año desde esa noche en Ouro Preto, con Thaynara nos peleamos en varias ocasiones. He sido un *caloteiro* y un gigoló para ella y un día hasta amenazó con denunciarme a la policía. Los movimientos posteriores en mi vida, fueron ocasionados, en parte por la presión que ella ejercía sobre mí. Nada fue gratuito. Cierto día, como a finales de agosto, Thaynara me ofrece su tarjeta de crédito para comprar una heladera. Saltando en una pata, acepté. Podría independizarme y continuar escribiendo, si bien, mentalmente, pero yo confiaba que el proceso estaba en ebullición. Vendería alfajores, con un margen de lucro bastante aceptable para quien no pretende cotizar en bolsa. La sensación de satisfacción inmediata que suscita la compra de cualquier objeto en el mercado es imposible de eludir. Es una atenuación artificial, el deseo nunca es satisfecho, lo que se satisface es la idea de regocijo. La inmediatez no da tiempo para elaborar una canalización y una consecución que el deseo exige. La heladera llegó antes de una semana de la compra. Yo me regocijaba. El fletero demoró un día para entender de qué manera subiría el morro sin patinar, pero llegó. Al verla en su rincón, la miraba con un estúpido éxtasis, como si yo fuera quien la fabricó con sus propias manos. Al cabo de unos días, con el negocio en funcionamiento, recibo una llamada de Carla (quien me había presentado a María Clara, la dueña del bistró), me llamaba desde una playa de Arraial d'ajuda con Joel, su marido. El ruido del mar la inducía a hablar alto, a gritarme que había conocido a una muchacha que yo debía conocer porque éramos tal para cual.

—De hecho, está acá con nosotros, ella está escuchando, te quiere conocer. Te voy a pasar su número.

Benjamín había vivido un tiempo en Arraial d' ajuda, lo que conozco de ese lugar es a través de él. Para mí, es otra playa llena de porteños forjándonos a los argentinos la fama de soberbios y pseudointelectuales. ¿Quién podría interesarse por conocerme? ¿Cuál de todos los Daniel que existen en mi le habrán presentado? Con la muchacha hablamos algunas veces, me contó que le gustaba viajar, militaba su independencia, hablaba varios idiomas y soñaba con vivir en Nueva York. El asunto con las horas se enfrió. Y Arrial d'ajuda quedó en un punto ciego de mi memoria. Hasta que un e-mail de Linkedin provocó un terremoto en ese breve sosiego de inicios de septiembre. Quiero destacar la impericia de mi memoria. No confíen en ella, lean lo que hay entre líneas, es más confiable. Hago esa salvaguarda por lo insólito de lo que voy a decir a continuación. La secuencia comienza con ese e-mail de Linkedin. Me notificaba que Aurora había actualizado su perfil profesional. Pero, cómo, si yo no la tenía en mis contactos. Cuando me fui del bistró, pasé dos años intentando tener noticias de ella y la tenía tan cerca, ¿en una red social de fácil acceso? ¡Caramba! Mi incompetencia como *stalker* es insoportable. Lo desconcertante era que la actualización decía: "Gerente en Casa de las Tazas, Arraial d'ajuda". Yo sé, es increíble, mejor borrar todo y escribir otra cosa. Claro, pero esperen a que cuente lo que sucede dos días después de ese hallazgo. Rick, un colega cocinero, manda un audio contándome que tenía una amiga en el litoral de Bahía (lo dijo así, resaltando con su dulce voz la palabra Bahía), dueña de un bar que necesitaba renovar su menú, y como Rick había abandonado el oficio, pensó en mí. Eso dijo, *pensé en vos*. Hay que ser muy estúpido para no aceptar tantos llamados. Fingí que no estaba muy interesado, tenía un proyecto en marcha y quería dedicarle tiempo, respondí. Lo que ocurrió en realidad, es que no me resistí, busqué en el mapa la distancia de Prado a Arraial d'ajuda: ¡doscientos once kilómetros! Tenía la fuerza suficiente como para caminar esa distancia sin transpirar. Estaría a cuatros horas en vehículo. Hice lo que habría hecho cualquier hijo de vecino. Dejé el negocio de los alfajores y me fui a Prado.

A Joinville

1

l abrir la puerta recibí una trompada fétida en la nariz. Desde luego, en el departamento vivían gatos. Dejé las valijas cerca de la mesa del comedor y me senté en el sofá para detener la rueda un poco. El primero en saludarme fue Capuchino. Con su cabeza colorida me daba la bienvenida en la pierna, al levantarlo para saludarnos mejor apareció la Pelusa, abriendo bien grandes sus ojos verdes y distantes. Unos minutos después los dos estaban en mi regazo retorciéndose de cariño. Lo primero que me dispuse a hacer fue limpiar el balcón, la fuente de dónde provenía la emanación cáustica a la que me estaba adaptando. Cambié la arena del baño gatuno, repuse agua y comida. También regué las plantas y pasé un poco la escoba en la sala y por todo el balcón.

Recomenzar. Esa sí que era una palabra con vida propia. Ahí estaba yo, un hombre de mediana edad, sin plata, sin trabajo, lleno de presente. De lo único valioso que disponía en ese momento era de miedo. Uno que solía aparecer poco después de que la cadena de la armonía se rompía. Una sensación palpable que me sobrecogía y me hacía vibrar.

Unas horas antes, la desesperación, más tarde, tenía un techo, comida y una cama para descansar asegurados. Lejos de tranquilizarme, esa idea me inquietaba. ¿Por qué es tan importante trabajar? ¿Por qué si es tan importante el trabajo, no está garantizado para todo el mundo? Se espera de un niño, de un mendigo o de un gigoló que pidan dinero. De cualquier forma, estamos infantilizados, divinamente asépticos y domesticados para no representar ninguna amenaza. Afirmar para el mundo que no nos avergonzamos de ser vagos, que elegimos disponer de nuestro tiempo libre, para morirnos de hambre, de sobredosis o de cirrosis, es convertirnos al mundo de lo degradante y, paradójicamente, en victimarios. Ser vago, impone una conducta religiosa también de parte de los que no lo son, un impulso fanático nace en ellos, quieren devolvernos al mundo de los oprimidos (como si no lo fuéramos) exigen solidaridad en la miseria –nunca la emancipación de clase–, estos fanáticos aprenden que socializar su condición de oprimido, es más llevadero. De todas las derrotas sufridas por la clase trabajadora, ese es el aprendizaje más fascista que asimiló. Los poderosos aplauden, se regocijan por el ejemplo que damos: disponemos de nuestras vidas, igual que ellos, pese a que la ponemos en riesgo, nuestra salud siempre está en riesgo, nuestra integridad espiritual casi nunca. Nos envidian, de modo que ese aplauso no es sincero, y la forma enmascarada de envidiarnos es comprarnos nuestra comida, nuestros cuadros, asistir a nuestras piezas de teatro, leer nuestros poemas, nuestras novelas. Intentan degradarnos con su dinero y su mercado, y muchas veces lo consiguen, nos doblegan con su poder económico y político, construyen albergues, fomentan su caridad. Esperan alguna anomalía en nosotros, algún desperfecto cognitivo o psíquico, es claro, solo un sonso podría no querer trabajar, no disponer de dinero para gastar comprando una casa, un auto o el perfume para su amante. Me pregunto todos los días, cómo es que pueden querer trabajar. Si la respuesta es nadie quiere trabajar: ¿ese no sería motivo suficiente para hacer una revolución? La figura del vago está hecha, en realidad, para esconder al responsable de la miseria humana, al poderoso que aplaude. Es una figura en el punto ciego de la razón. Quién puede querer levantarse temprano, afrontar horas de su vida sentado o humillado en un ómnibus hacinado, trabajar haciendo cosas en las que no reconoce un quehacer propio, en condiciones de trabajo insanas, con leyes hechas para envilecerlo. La carioca que se sentó en la terminal de Foz Iguazú seguro lo sabía mejor que nadie. Pidió permiso luego de dar un rodeo para sentarse a mi lado sin respetar la equis que debería separarnos. Llevaba un pastel de carne enrollado en un sobre de papel. Se sentó en contra del sentido del asiento, con la mirada perdida en el horizonte, mirándome periféricamente mientras masticaba con fruición. Unos minutos después, puso a prueba mi capacidad para reaccionar a propuestas subliminales. ¡Qué admirable esa forma de hablar y de alinear su pensamiento! Siempre fui demasiado lento para montarme a una conversación con las personas sagaces de la calle.

—¿De qué país sos? ¿De Portugal?

—No, de Argentina.

—¿Y te está gustando Brasil?

—Amo Brasil, vivo aquí hace diez años ¿Vos de dónde sos?

No tenía acento carioca, me contó que vivía en Foz de Iguazú desde muy joven y que había vuelto a Río hacía poco tiempo. Ahora regresaba luego de unos días de terminar unos trámites. El primer pensamiento que pasó por mi cabeza fue que estaba en proceso de una estafa. El modo en que me miraba y detenía los ojos en mis valijas me hacían sospecharlo, con el agravante de no considerarme un hombre interesante para una mujer así de bella y vestida para llamar la atención. En estado de alarma busqué por todos lados a sus cómplices, que nunca aparecieron.

—Yo viví un tiempo en Copacabana, no me gustó mucho, pero fue una linda experiencia.

—Sí, es lindo Copa, ahí los gringos siempre me preguntaban, cuándo iba a la playa a vender comida, dónde quedaba el cabaré. Es que las brasileñas tenemos una fama de mujer interesante. ¿Vos qué pensás de las mujeres de acá?

—Me casé con una brasileña, es lo que tengo para decir. Además, depende de lo que cada uno busque en su viaje. Hay turistas que vienen a hacer lo que no hacen con sus mujeres, y hay viajeros que les gusta mezclarse con los locales, vivir aventuras de otro tipo, de esos soy yo.

—Sí, somos buenas en la cama dicen, diferentes a las de afuera, por eso los extranjeros nos buscan.

—¿A qué te dedicas?

—Soy trenzista, y muy buena, mirá.

Abre la pantalla de su celular y me muestra fotos de cabezas con espléndidas trenzas de todos los colores y texturas.

—Mi sueño es casarme con un angolano y tener una hija con esa piel bien oscura y esas facciones tan delicadas que tienen ellos.

Le pedí su Instagram, ella lo anotó en mi celular y se fue. Ese abordaje contribuyó para mejorar mi estado de ánimo. Al instalarme en casa de Benjamín y entrar a mi Instagram, vi que ella había mandado solicitud de amistad a un perfil con el nombre de *esposa-me*, con la foto de una mujer sin rostro en ropa interior roja. Vendía paquetes de fotos desnuda a cambio de una transferencia bancaria.

Demoré algunos días para disipar de la conciencia lo que había ocurrido. Comer, dormir, ver películas para sanear el malestar. Estaba en un lugar que no había elegido o estaba en un lugar que sí había elegido, dentro de lo que se presentó en esa oportunidad. Estoy viviendo en Joinville hace apenas unos días. Llueve a cada momento, todos los días. Desde la puerta-balcón puedo ver los nubarrones pesados cargados de electricidad y humedad. Benjamín seguía en Belo Horizonte, dijo que llegaría en unos días, sin compañía.

Me organicé después de la modorra: he entrado en varios grupos de trabajo de la ciudad. Para mi sorpresa, a pesar de la pandemia y del confinamiento en gran parte del mundo, Joinville funcionaba con normalidad, aparentemente.

Actúe de forma mecánica, como por instinto. Sabía muy bien que en el fondo no quería hacerlo, no quería hacer nada. De igual modo, seguía usando las redes sociales para conocer alguna mujer. El sur de Brasil me recuerda mucho a Argentina, no lo sé, tal vez sea un autoengaño por la frustración del viaje fallido. Por lo poco que pude ver Joinville parece ser una típica ciudad del sur de clase media costera, sin el mar. Tiene las calles anchas, las casas más antiguas son de madera, con techos de dos aguas, ubicadas en el centro del terreno, rodeadas, muchas veces de jardines y plantas. Existen una o dos casas de poste y viga, nada más. El resto de la arquitectura es insustancial. La humedad parece ser el rasgo más destacado. Mucho verde rebelándose imbatible ante el tímido avance del cemento. Por momentos, parece que estoy en la zona Stalker. Se habla que Joinville es una ciudad de alemanes, y que por ese motivo el sureño es frio, distante y algo estúpido. Los alemanes que conozco están muertos, son de siglos pasados, sé poco sobre la idiosincrasia cotidiana de ese pueblo, me intrigaba saber quiénes son, investigué. Descubrí que, por el contrario, Joinville no fue fundada por alemanes, como le gusta afirmar a mucha gente. Fueron suizos, noruegos y un par de alemanes los primeros en llegar a la colonia Doña Francisca.

La mayoría eran agricultores, había un sastre. Décadas después, llegaron más alemanes, escapando de sus fechorías, amparados por el gobierno brasileño. Es por esta región donde el partido socialdemócrata alemán tenía su versión sudaca con diario nacista proprio escrito en alemán. Otro descubrimiento es que carece de cultura propia. Su vida cultural es imaginaria. Parte del mito de ser una ciudad alemana es tener cultura alemana. Nada más alejado de la realidad, como la mayoría de los mitos. Los únicos acontecimientos culturales de interés son la fiesta de la danza, de las flores y la elección del mejor *strudel* de la ciudad. Para la fiesta de la cerveza, los joinvillenses emigran a Blumenau. No hay museo, no hay cine Humberto Mauro, no hay Palacio das artes, no hay Mercado Central, no hay plaza de la Estación. Los pocos bares que hay son temáticos, inspirados en culturas escandinavas o estadounidenses, como lo son los bares-secta de motoqueros. Probablemente, son los lugares donde se fermenta el odio de clase y la fantasía por pertenecer a una elite extraviada en alguna guerra. Sobre la otra guerra, la que se desarrollaba abierta y legalmente, tenía como ejército a los emigrantes de otros estados, generalmente paranaenses y, claro, nordestinos engrosando sus filas. Se ven pocos negros por la calle, lo que sostiene al impertérrito orgullo eugenésico de los joinvillenses.

Aurora nunca fue a buscar la carta, por supuesto, como era de esperar, yo no pude sortear los bloqueos que me impuso, no había forma de avisarle. Le pido a Benjamín para recogerla en Pompéia y traerla a Joinville. A lo mejor, resolví entregar yo mismo la carta en el momento en que perdí el avión. No me interesaba saberlo. Lo cierto es que tenía tiempo de sobra para pensar sobre cualquier cosa. Por fin, Brasil, después de millares de muertes, comenzaba a cerrar ciudades de a poco. Joinville acataba la decisión, con parsimonia. Cumplimos un año de pandemia, hace un año exacto reaparecía Aurora en mi vida.

Cierta tarde fría y lluviosa, cerré las cortinas para oscurecer la sala, abrí el sofá cama, y puse una película en la tele de cuarenta y nueve pulgadas que tenía a disposición. La película de la cagada. Quiero ver si alguien descubre una forma más eficiente de buscar una película en internet de la que solo se recuerda una escena. Gugleé: película de hombre cagando, resultados: cómo hacer la caca en el bosque, duende cagando, catorce películas famosas en las que había mierda de por medio, el hombre que caga dinero. Aparentemente, la película que yo buscaba no era famosa. La recordaba de mi adolescencia, cuando religiosamente sacrificaba mi descanso de estudiante y de atleta y me quedaba hasta tarde para ver películas en el programa de Alan Pauls por i-Sat. La imagen en primer plano del tronco seco y firme depositado por un hombre rubio de jardinero. ¿Cómo puede ser que no sea una escena famosa? Durante años tuve en mi cabeza esa película en blanco y negro, de dialogo escaso pero preciso. Hasta que, por accidente, rastreando las fotografías de Sebastião Salgado, me topé con Wim Wenders, autor de esa pieza impactante. Una vez más, lo que me había impactado en la adolescencia, la estética de las imágenes, el silencio de lo cotidiano y la ensordecedora quietud cuando nada interesante ocurre. Sin embargo, en esta ocasión, brotaban de mi mente un sinfín de ideas y de emociones. Todas asociadas a lo inenarrable del tiempo particular y de la vivencia del cambio. Un adolescente espera un movimiento diferente, más físico, En el curso del tiempo, el movimiento es imperceptible, no se accede de forma directa como espera el adolescente atolondrado por sus agitaciones hormonales. La guerra pasó, el muro se levantó, la división de la torta pasó, la cultura del ganador está ahí, en tu boca, en la música que escuchás, en la bebida que bebés. Y las batallas personales están en curso, el pálpito de la muerte del señor cine, la certeza de la pérdida del amor. Un rumor silencioso de principio a fin, una ausencia que impele la necesidad de buscar, de desplazarse, de querer saltar de un auto a toda velocidad hacia un río. Nadie la nombra, nadie es capaz de mencionar lo que falta, el o la que hace falta. Es el tema de la película, me dije y hablé en voz alta como si no estuviera solo: *yo te nombro, Aurora*. Y comencé a escribir esta historia.

2

Medimos el tiempo con las noticias que circulan por la ciudad. Con Benjamín somos parte del ejército de desocupados de la pandemia; Mónica nos alimenta generosamente en silencio. Dentro de poco se irá, vuelve a Beagá a hacer no sé qué cosa mística. Es un misterio para mí y prefiero no indagar demasiado. Benjamín anda con cara de culo, creo que no duerme. Lo escucho levantarse antes de las seis, calentar agua y hacer café. A Benjamín le gusta preparar mucho café, un litro como mínimo, se hidrata con café. Yo ahora duermo en el cuarto de los cachivaches, en un colchón inflable que compré en Decatlhon. El colchón es cómodo, suave, tengo que ponerle una tela abajo porque hace mucho ruido cuando cambio de posición. El cuarto está ocupado por dos armarios enfrentados y una mesa apoyada sobre la pared de la ventana que da al balcón. Mi colchón cabe exactamente entre uno de los armarios y el marco de la puerta. Sacando eso, duermo mejor que en el sofá. Como a las ocho la Pelusa comienza a maullar y a arañar la puerta, no le doy atención, da la vuelta por el balcón, se sube a la ventana y me mira: quiere que me levante. Cuando me levanto, la gata entra conmigo al baño, se sube al lavabo y emite un breve maullido. Abro el grifo y dejo caer un hilo delgado de agua. La Pelusa corta el hilo con su diminuta lengua rosada mientras cago.

Unas semanas atrás, cuando Mónica y Uma aún estaban en Beagá, conseguimos trabajo en un restaurante alemán. El primero en entrar fui yo, el mismo día que tuve la entrevista recomendé a Benjamín. Tendría una prueba de dos días, pero al final del primero el chef me avisa que me contratarían. En el segundo día, fui animado a trabajar, interesado por aprender del mejor restaurante alemán de Joinville. Como acontece con todos los restaurantes temáticos en los que ya trabajé –y este no sería la excepción– de alemán solo tenía el nombre. Creo que había algo de chucrut (naturalmente, comprado) y algunas salchichas, además eran dueños del mejor strudel de la ciudad, hecho con masa de hojaldre que se guardaba en la heladera, aplastado hasta nuevo aviso. Un antistrudel de ley. Al cabo de un par de días la ciudad decretó un confinamiento total. El restaurante no nos vuelve a llamar. Nuestras fuerzas espirituales también fueron confinadas.

Con las chicas, los días son más divertidos. Lo único doloroso, sobre todo para Benjamín, es que no comemos carnes. Nuestra dieta es vegetariana, yo como lo que se me pongan enfrente, mi apetito es voraz. Una rutina de rompecabezas y juegos de mesa va tomando cuerpo en nuestros días. Mónica me enseña su método para armar rompecabezas: separar las piezas por color, dentro de vasitos de yogurt. Mónica no descartaba nada. Las gavetas de la cocina y mi cuarto la delataban. Benjamín, disciplinado tal vez a fuerza de correctivos, me advirtió para no meterme con los plásticos y mantener limpia la casa. Hice lo mejor que pude, creyendo fervientemente que sabía distinguir entre limpio y sucio. Dos veces por semana me dedicaba a limpiar la casa. Benjamín, como si fuera un detective de homicidios me aconseja dedicarme más. Protesto, pero no sirve de mucho, quien manda, manda sin hablar. A veces pienso que son cosas de Benjamín, se lo digo, pero afirma que Mónica no tolera el desorden ni la suciedad. *Es muy perfeccionista*, me dice.

De hecho, lo meticuloso está presente en cada acción de Mónica. Una tarde tomó la iniciativa de la limpieza. Comenzó por unos estantes con gavetas que había en el comedor. Fue pasando un trapo por cada cuaderno, lápiz, vasito de plástico con piezas de rompecabezas inconclusos, por los grandes porta retratos con fotos de sus primas, libros infantiles, artesanías de Uma. Pasaba el trapo con lentitud, mientras le daba directivas a Uma que intentaba hacer la tarea en la mesa. Esa faena le significó unas dos horas, después pasó para la cocina. Lavó todas las alacenas, cada pote de condimento, uno por uno. Tres horas más. Yo fingía no verla, simulaba ver la estupidez que pasaban por la tele. De repente le pierdo el paso. Mónica desaparece. Fue la última vez que la vi hacer la limpieza.

Benjamín mencionaba la actitud que tenía Mónica hacia las cosas de una forma muy elaborada y encubridora. Yo era un huésped accidental, no quería alterar el equilibrio de las cosas, de modo que me obligué a no comentar.

Me impactaba el contraste entre los dos. Benjamín tiene por regla no importarse por ningún orden o limpieza. De cualquier forma, se lo podía solucionar todo en el día de descanso. Recuerdo cuando nuestra amistad comenzaba, yo lo visitaba en el dúplex en Buritis en el que vivía con una Mónica que para entonces tenía el estatus de duende mágico que hacía su aparición de forma esporádica y fugaz en nuestras conversaciones. La existencia de gatos era algo imposible de negar. Los gatos cagaban, meaban en todas partes y los excrementos quedaban en el lugar. Restos de comida, vajilla sin lavar por todo el departamento, en su cuarto estaban los pocos platos y vasos que tenía, embalajes de comida rápida y envases de la gaseosa favorita de Benjamín. Ropa sucia por doquier. Nos habíamos conocido en el restaurante argentino, habíamos asimilado el método de la cocina, era nuestro lenguaje en común, de manera que le propuse hacer una limpieza general, aceptó entusiasmado y fue lo que hicimos. Mucho tiempo después, supe que ese abandono de su persona era el efecto colateral del abandono de Mónica. Para la época, Benjamín y Mónica eran amigos, él no había confesado su enamoramiento. Un día lo llamó por teléfono, contándole desde algún mundo paralelo que había retornado a México y no podía volver a Brasil porque su padre estaba enfermo. Benjamín, desconfiando de la situación gugleó la foto de la ciudad Maya que Mónica le había enviado y quedó arrasado, estaba ahí, en una página de turismo. Con el corazón roto dejó vencer los meses de depósito y entregó el departamento con una deuda que le representó unos años de su salario de cocinero.

Era evidente que la función de Benjamín era la de ser padre de Uma. Ejercía también de profesor de geografía, de historia, de matemáticas. Uma hacía la transición de la escuela Waldorf a la escuela normal. Las habilidades emotivas y de pensamiento deductivo de la niña (así la llamaba su madre) super desarrolladas contrastaban con la insuficiencia en conocimientos básicos de ciencia, de historia, de matemática y geometría, por ejemplo. Hablaba portugués casi sin acento y aprendía inglés con Mónica. Los enfrentamientos comenzaron por ese lado o, al menos, eran responsables de la parte visible de los choques. Una de las cosas que me deslumbraba era la forma cariñosa y humana como era tratada Uma, sobre todo por Mónica. Sin embargo, existía una línea muy tenue, a veces indiscernible entre tratar como humano y tratar como adulto. Para Benjamín eran necesarios los límites, cosa que Mónica aprobaba en silencio, y en silencio también revocaba. No obstante, se impusieron horarios para salir de la cama, tomar el desayuno y para estudiar. Uma resistió de todas las formas posibles. Primero haciendo tiempo para levantarse. Yo escuchaba desde mi colchón inflable la batalla de Benjamín para sacarla de cama, Mónica permanecía inmutable, no aportaba nada para agilizar el proceso, por el contrario, permitía que la niña fuese a dormir tarde. Una vez levantada, Benjamín, le preparaba el desayuno y todo transcurría de una manera alegre, con Uma imponiendo una vida lúdica para los tres adultos que la rodeaban. La escuela estaba en modo virtual, y el único contacto que Uma tenía con alguien de su edad era la hija de un amigo de Carmina, una de las primas de Mónica. Ese contacto se interrumpía cuando la familia de su amiguita anunciaba una sospecha de contagio entre ellos. Con Benjamín quedábamos alarmados, como esperando una bomba estallar, porque siempre anunciaban el día después de que Uma hubiera dormido en su casa. Mónica combatía con el pensamiento. De hecho, ese combate mágico fue otro de los temas de discusión: Mónica argumentaba que las vacunas tenían elementos nocivos para la salud, por eso, no vacunaba a Uma. Si pensamos que nos vamos a contagiar, va a ocurrir, lo mejor es ir por el mundo con pensamiento positivo, nada malo puede pasar. Más o menos esa era la filosofía que movía la profesión y la vida de Mónica.

Con los días y el régimen de ocho extenuantes horas diarias de estudio, Uma optó por la revuelta total. Las peleas se iniciaban desde la cama y se mantenían hasta las once o doce de la noche porque la niña resolvió parar de entender lo que acababan de explicarle. La revuelta fue implacable y disciplinada, la obligación de quedarse sentada a la mesa con los cuadernos abiertos sin hacer nada fue a su vez parte de su victoria.

3

¿Son sentimientos genuinos o ajenos que representa? Al parecer, buscaba identificar internamente el sentimiento que se manifestaba, pero se rehusaba a continuar elaborando un sentido. Escapaba. Es una máscara desgastada, Benjamín la conocía lo suficiente y no la toleraba más. Lo que suscitaba desazón y desesperanza era reconocer en esa máscara la falta de la vivencia que se espera de un sentimiento vivo, era reconocer que, en su memoria emotiva, jamás estuvo ahí.

La rutina se vio gravemente alterada con el retorno de Mónica y Uma a Beagá. Benjamín no aguantaba permanecer mucho tiempo en casa. Al principio no percibí esa mudanza porque nuestros horarios de trabajo eran diferentes, pero unos libros lo delataron. Estaban en el brazo del sofá como una baliza estimulando mi curiosidad. Caí sobre ellos, uno era *El camino de regreso a casa* y, el otro, *El hombre multiorgásmico*. Se los había prestado Carmina.

Carmina estaba casada con un psiquiatra brasileño, vivía en una suntuosa casa en un barrio aristocrático de la ciudad. Además, era psicoterapeuta constelar, anualmente lideraba un encuentro espiritual pagado por burgueses ricos para drogarse con ayahuasca y hongos. Un cliché neoyorquino a lo Woody Allen. Era mexicana, residente en Brasil hacía varias décadas. Su cabello negro azabache, los ojos grandes y la mirada fulgurante me excitaban. Saber que fue ella quien le pasó *El hombre multiorgásmico* movilizó mis fantasías con ella, así que no demoré en leérmelo. Al tercer día, ya tenía tema de conversación, pero el tema era tan aplicado que no quería avergonzarme sin haberlo ejercitado. De principio, observé que no sabía respirar, y pronto entendí por qué no podía controlar mi eyaculación cuando más lo deseaba. Las ventajas eran que mi extensa vida de pajero me había aportado el conocimiento no racionalizado de separar el orgasmo de la eyaculación. Creo que todos los hombres con pija hemos experimentado alguna vez orgasmos antes de eyacular, solo que le restamos importancia porque la revelación de un líquido que sale de nuestro cuerpo es la meta principal en la preadolescencia. Sin embargo, recuerdo que cuando aún no había llegado a esa etapa, la masturbación era un acto placentero en sí mismo, no tenía una finalidad. Debía regresar a esas memorias para curarme. Otro aspecto no menos importante fue conocer mi músculo pecé, eso lo aprendí también como deportista, sin conocer siquiera su nombre. Mis erecciones siempre fueron sólidas y duraderas, excepto, claro, cuando me convertía a la precocidad. Y una de las cosas que me alegró mucho y me dejó fascinado fue que yo había sido ese hombre multiorgásmico el año anterior, en Pompéia, con Aurora. Fue ella quien dominaba el ritmo de nuestros encuentros, siempre detenidos, comprendía mi ritmo, olía mi respiración y cuando yo estaba en el punto de no retorno, ella paraba, me hablaba con voz cariñosa y comprensiva que nada había de malo si quería gozar. Con los días eso no se repitió más, mi mente abandonó el dominio de las palabras y de los pensamientos, se transformó en mi cuerpo, en sensaciones plenas e intensas, era otro lenguaje el que hablaba. Cuando ella se sentaba sobre mí y se movía lentamente, sin necesidad de una penetración profunda, me hacía perder el sentido de lo que había afuera y adentro. No quiero banalizar un acontecimiento que tiene por principio la limitación de ser expresado a través de las palabras, no obstante, solo puedo decir que me convertía en algo que no era, y para mí que, por primera vez en mi vida, creo haber experimentado el éxtasis. Poseía esa ventaja, la experiencia. Paradójicamente, no controlarlo contaba como una desventaja, desconocía alguna técnica donde apoyarme para disciplinar la sensualidad de mi espíritu. Asimismo, la práctica iniciaba en solitario, la meta era compartir un encuentro con una persona dispuesta a comprender el propósito de mejorar y curar mi sexualidad. Nuevamente, retorno a Aurora, porque después de ella recuperé la exigencia de no relacionarme con mujeres desconocidas, y a pesar de que durante los primeros meses de su desaparición no hice más que tener encuentros con mujeres de aplicaciones, cuando me calmé, decidí recuperar mi humanidad y la de las personas con las que me relacionaba. Con esa nueva exigencia y sumado a que continuábamos en una pandemia mundial, el asunto del libro quedó al margen.

Las visitas a la casa de Carmina eran cada vez más frecuentes y se tornaron parte de su nueva rutina diaria. Benjamín regresaba a casa como quien retorna de acupuntura o del masajista, renovado. Si le hacía bien, independiente de lo que yo imaginaba, me tranquilizaba. ¿Qué era lo que yo imaginaba? Bueno, algo de magia, un poco de constelaciones y unos gramos de marihuana o de hongos.

Como ya dije, con Benjamín teníamos horarios diferentes de trabajo. Para mayo de dos mil veintiún lo contrataron para atender el desayuno de una prestigiosa panadería. En junio me contrataron a mí. Las chicas continuaban en Beagá y la rabia de Benjamín iba *in crescendo*. No conozco a nadie que sepa hacer de la maldad un acto admirable. Cada día, cuando cambiábamos de turno, me daban la noticia de una modificación, ya sea en la producción, en los horarios de atención o en la conformación de los equipos. Yo olía actividad de Benjamín en todos los asuntos. Y, de hecho, como no tenía dónde canalizar su frustración, se burlaba de toda la panadería ¿Cómo es que un recién llegado consigue alterar la vida pacífica de una empresa de cuarenta empleados? Benjamín no tenía jerarquía, ni los conocimientos necesarios de administración, lo que le sobraba era inventiva y mucha rabia. Cuando alguien no cooperaba con su nueva artimaña, ejecutaba él mismo en persona, incluso, antes de mostrarle al chef lo que había conseguido, adelantaba la producción de los dos turnos con el propósito de demostrar que sí se le podía dar continuidad, lo que retornaba para el que no había cooperado con Benjamín en forma de queja del chef. Era evidente que nuestros colegas de trabajo no tenían el temple para enfrentarse a la rabia sulfurosa de cualquier Benjamín. Eran perezosos, cobardes y les faltaba ingenio. Benjamín, en cambio, en un día de trabajo movilizaba hasta los dueños de la panadería porque nada de lo que hacía, naturalmente, era gratuito. Al cabo de dos meses, cuando yo anunciaba para el sub chef que permanecería en la empresa hasta final de julio, Benjamín se convertía en el responsable de la producción del desayuno. Un mes más tarde y le ofrecerían el puesto del sub chef.

En casa, nuestras charlas sobre su situación se agotaron, habíamos concluido que la única solución era esperar el retorno de Mónica y discutir una salida digna de la ciudad. Yo le propuse retomar nuestras vidas en Beagá. Se negó rotundamente, y aquí una revelación inesperada. A Benjamín no le gustaba la ciudad, ni Brasil, estaba ahí desde dos mil trece porque seguía a Mónica.

—¡Qué verga que soy! ¡Qué falta de amor propio, boludo! Si a vos te lo hubieran hecho, te las tomabas — decía con la voz afectada y temblorosa.

Se arrepentía de haberla seguido, de soportar sus mentiras y sus abandonos. Yo sabía que el dolor del que vuelve a ver las cosas en su verdadera magnitud lo restauraría. Fumaba mucho y la ropa con la que llegó a la ciudad no le quedaba más. Cierto día, me di cuenta de que habían considerado una forma diferente de relacionarse, se permitirían explorar sentimientos con otras personas sin separarse. *Conveniente para quien está hace dos meses en otra ciudad*, dije, poseído por la injusticia y el oportunismo.

—¿Y vos qué le respondiste?

—Nada, que sí, pero yo no quiero estar con otra mina, solo quiero estar con ella.

—Mirale el lado positivo, la chica de la caja te mira con ganas, deberías explorar y ver en lo que da.

—Estás loco, Dani, eso es para vos que te gustan las aventuras, yo quiero paz, y mi paz comienza con ella todos los días en mi cama.

El treinta de julio me subía al ómnibus con destino a Beagá, Benjamín no me acompañó porque tendría que buscar a las chicas en el aeropuerto.

A Foz

1

La condición para entregar el departamento sin pagar multa era la de encontrar un inquilino que me sustituya. ¡Ah! las ampulosas fauces de los capitalistas, siempre dispuestas a desangrarnos, a chuparnos hasta los tuétanos, porque para ellos son mucho mejores unos buenos huesos de trabajador mal nutrido que fortalecer sus propios brazos para cazar. El ingenioso ardid del holgazán, si no posee los medios de producción es dueño de departamentos. A nosotros, a los creadores del mundo, a los que los alimentamos, nada, tenemos que derrochar nuestra valiosa inventiva en cosas corrientes como alquiler, comida, elegir el yugo menos doloroso.

Paula y Natalia eran recién casadas, pedagogas, llegaron a la hora marcada con sus barbijos y su distancia social. Una distancia física atípica para los brasileños, tan ajenos a las distancias planetarias que existe en otros lugares. Gente acostumbrada a colectivos hacinados, a grandes filas para hacer trámites o para entrar a un bar, a bares atestados, a familias numerosas, a los embotellamientos de tránsito, a las construcciones irregulares, al carnaval multitudinario.

Fue en febrero de dos mil dieciocho que abrí la puerta de mi casa de la calle Mármore cuando los vi pasando: cantaban, danzaban, reían, besaban. Era el estado de ánimo que coincidía con el mío del momento, y las letras de las canciones de Belchior encajaban con mi repulsa por las rimas y composiciones pegajosas. El bloco y la poesía fluían por la calle, el lirismo del emigrante, del viajero, del degustador de la vida.

"...andar caminho errado pela simples alegría de ser..."

Recorría la calle hasta la plaza Duque de Caxias. Ser, era mucho más, era una actitud, una alegría. Dos años después, la Mármore no era lo bastante grande como para recibir la cantidad de público que el bloco convocaba. Y por esas cosas sin sentido de la vida, el palco del bloco iría a estar en frente a mi nueva casa, en Pompéia. Desde mi ventana se veía el hormigueo de personas ocupando la avenida Dos Andradas, iniciaba en la estación de Santa Efigenia y llegaba a la avenida Silviano Brandão. El carnaval había comenzado y yo ya podía escuchar los latidos de mi corazón sincronizando con las primeras canciones del bloco Vuelve Belchior. El bloco anaranjado me esperaba allá abajo. Bebí las últimas cervezas que tenía en la heladera y bajé. En la Veintiocho de Septiembre, vi gente sentada a la sombra, bebiendo, descansando, una patrulla de la policía pasando perezosamente. Dejé pasar la patrulla como quien evita un animal asustado y caminé en dirección a la avenida. Al llegar hasta el bloco, me mezclé con el público. Una mujer con una bandera amarilla que decía *Amar e mudar as coisas me interessa mais* en letras color naranja con un Belchior sonriendo, en negro, me pisa por accidente, me pide disculpas por el dolor provocado y por mis chinelas que quedaron destrozadas. No recuerdo su nombre, quizá nunca nos nombramos, pero nos besamos toda la tarde. Ella anudaba sus manos en mi nuca como una adolescente enamorada y me besaba anhelando cosquillas en el cerebro, sus labios disciplinaban a su lengua que se deslizaba hacia la mía con técnica. Mi primer beso de carnaval fue mientras el noticiero informaba de un jinete del apocalipsis que andaba matando humanos en Italia y España, distante de ahí, de los besos que nos estábamos dando y del último carnaval que disfrutaríamos inocentemente.

Desaprender el contacto físico con desconocidos para el brasileño promedio fue desgarrador.

Al comentarles sobre Aurora y de lo que había vivido en ese departamento, Paula, la que se mostraba más extrovertida, no lo dudó: iban a mudarse. Además, no podían resistirse a las enormes ventanas con vista a la zona este de Beagá. Allá está el Independencia, y a la izquierda se ve la cúpula de la iglesia de Santé, esa calle ahí, que sube recta y que parece un tobogán, es la Pitanguí, una de las calles más largas de la ciudad, les señalaba con el dedo índice sintiéndome un experimentado guía en un museo. Pasaba el tren imprimiendo a la vista una imagen de maqueta, esa es la estación Horto, destaqué apoyando el dedo en el tren que acababa de parar. Me estremeció saber que unas recién casadas mantendrían viva la llama que habíamos encendido con Aurora en ese departamento. *Todo está saliendo bien*, me dije.

Así que, el carnaval había pasado, el coronavirus se adueñó de nuestra rutina, y ahí estaba pintando el departamento para entregárselo a las flamantes enamoradas cuando sonó el portero eléctrico. Era Benjamín. Por esas gracias del sistema —o desgracia, según quién lo mire— la empresa que alquilaba autos digitó un Volkswagen Gol a cinco reales el día. Una metida de pata fenomenal de la empresa y una suerte gigante para Mónica que lo vio.

—Prepará el ajedrez que te voy a hacer aca —me decía Benjamín en uno de sus audios con voz alegre.

—El jueves salgo, llego el viernes... tengo todo el fin de semana para vos, amigo. Vamos a ir a un *buteco* a tomarnos unas birritas.

La incongruencia de la sentencia hacía suponer que el audio venía de otro planeta o del pasado. En Beagá no había ni un alma por la calle, para él no existía una pandemia porque vivía en el sur de Brasil, en la ciudad de los inmortales como después la bautizaríamos. Cargaron lo necesario en el auto y salieron de Joinville rumbo a Beagá. Nos abrazamos y, como de costumbre, recibí la sonrisa avispada y confiable de Benjamín.

—Las chicas están en el auto —me dijo señalando un Gol color gris estacionado en frente.

Cruzamos y Ella bajó a saludarme. Era alta, espigada, cabello largo y castaño claro, la piel morena y tenía una sonrisa transparente, como de niña. El acento mexicano combinaba muy bien con su calma y afectuosa forma de hablar. Por fin la conozco, pensé, ya no es un fantasma. Sin embargo, me equivocaba, ya conocía a Mónica desde dos mil catorce cuando fueron a cenar a mi casa de Buritis. Una cena de cuatro, aunque en ese entonces, Benjamín y Mónica eran amantes ocasionales. Mónica, Ella o la Otra, dependiendo del estado de ánimo o de si se habían peleado o no. Cuando me contó, trepidando de felicidad, sobre la aventura en el auto después de la cena, dijo: *cogimos con Denali en el mirante arriba de tu casa*, y yo indagué desorientado quién era esa tal Denali. Benjamín me respondió: *la Otra, Mónica*. Las guerras púnicas desatadas por Benjamín desde los diecisiete, pero esencialmente desde los veintitrés cuando le confesó su amor, eran el mercurio que regulaba el uso de esos apelativos. En la ventanilla trasera divisé el par de ojos inquietos de Uma. Cuando salió del auto, ensayé un abrazo, sin embargo, su cuerpo se mantuvo rígido, indiferente, como si no entendiera mi gesto. Uma, la niña de ocho años que tanto me hablaba Benjamín. La conversación fue breve, con comentarios formales sobre mi partida y sobre lo linda que estaba Beagá, opinión que compartíamos con Mónica pero que Benjamín, como era su costumbre, se permitía discrepar.

Una hora después y con las chicas en el otro extremo de la ciudad, nos pusimos a pintar. Faltaba el pequeño pasillo que conduce a las habitaciones y el living. Yo había prometido a mis sustitutas enamoradas que pintaría una de las paredes de la sala color verde agua, agregando una complicación más a la entrega del departamento. Cubrimos con cinta de papel todos los contornos, ventanas, zócalos, sacamos las tapas de las cajas de luz, limpiamos las paredes. A mí me tocó el pasillo, a Benjamín el living. El sol se había ido a otra parte del mundo, pero la noche continuaba cálida. A los pocos minutos, Benjamín ya exhibía una brillosa panza rosada y lunares blancos en los hombros. Yo con mi sombrero napoleónico de hoja de diario pintaba contento por la compañía y silbaba Callejeros que brotaba del celular de Benjamín. Como una costumbre o un ritual entre nosotros —más mío que de él— escuchaba rock nacional cuando él aparecía. Lo mismo con el mate. Pequeñas actividades reservadas para una intimidad de historia compartida.

Discursos paralelos, uno subrepticio, solapado y el otro superficial, pero edificado por borbotones del primero. No quiero contarle que apenas como arroz y poroto todos los días, y que bebo cerveza barata y duermo hasta que me da la gana. Le hablo de esperanzas, de posibilidades, le hablo de Raquel, no insisto con Aurora, invocarla hace su desaparición más aterradora. Lo que da pavor no es el perro ladrándonos y encarándonos, es encontrarnos con el perro en la inmensidad de una calle desolada. Habían pasado seis meses sin noticias de ella, todavía estaba muy presente en mi mente, y el departamento era mi mente.

—Raquel se llama, quedamos en encontrarnos antes de ir al aeropuerto.

Con Raquel nos cruzamos en una esquina de Tinder. Le di una corazonada a su mirada lánguida y a su pelo ondulado y brillante. Había viajado por África y por América del sur, estaba aprendiendo a tocar la guitarra.

Hablamos poco, en realidad, yo hablé-escribí demasiado. Yo intuía su poder lenitivo y se lo hacía saber de diferentes formas, ella, supongo, se burlaba de mis intenciones, me llamaba de *xavequeiro*. Me ofendía la verdad en ese momento.

No todo estaba perdido. Todavía era capaz de sentir algo. Memori morti. Estaba vivo, y creo que lo mencionaba en la carta. Estoy vivo, sobreviví, agradezco tu enseñanza. Es estúpido escribirlo, también lo es leerlo, si bien es lo que realmente está ocurriendo: no podemos evadirnos ni de la vida ni de la muerte. Nunca morí de amor, voy a sentir tu falta. Raquel huele a vida, me gusta pensar en ella, escuchar su voz es como reconocer un clarinete en una sinfonía de violines.

—Me das respuestas con falsedad, de compromiso.

—No, Benja, no hay mucho más para decir, escribí la carta para despedirme... ella nunca me dejó despedirme.

—Decime la verdad, yo te banco, te vas por ella.

La carta seguiría su curso, Paula se la entregaría una noche después del trabajo.

—Pero ¿cómo le vas a avisar si te bloqueó? No sabés ni dónde vive —me reprendía Benjamín enfurecido.

Era verdad, esa carta era letra muerta. Aunque su lugar natural era el departamento, se la dejaría de cualquier manera, ya encontraría un canal para avisarle de su existencia.

—A veces pienso que algo malo le pasó, ella mencionó sobre una amiga que estaba con pensamientos suicidas; otras veces, que esa amiga se embarazó, y ahora prefiere mantenerme alejado. Son pensamientos atroces.

—¿Qué es lo que te hace pensar que puede estar embarazada? —inquirió Benjamín haciendo un gesto de profundo interés.

—Porque en la misma semana de desparecer me habló de otra amiga suya que quería abortar y me preguntó si podía ayudarla.

—¿Y qué pasó, la ayudaste?

—Hablé con dos amigas que son enfermeras, sabés que acá el aborto es ilegal y con ese gobierno es un peligro para todos los que se involucren, ellas me aconsejaron, medio en clave, difícil de entender, pero se ofrecieron a ayudar. Le conté a Aurora, se alegró poder ayudar a su amiga. Unos días después desapareció sin dejar rastros.

—¿No será que se metió en quilombo por eso?

Mis conversaciones sobre Aurora se volvían intrigantes para los pocos interlocutores a los que me atrevía a narrarles su desaparición. Eran días conjeturales.

Hace poco tiempo que viajo en avión. Me gusta admitirlo, todavía sigue siendo una gran aventura, de principio a fin. Espero con ansias sentirme absorbido por el asiento durante la aceleración, el hueco en la panza y mi cuerpo siendo ligeramente aplastado por la gravedad cuando el avión gira al despegar. Todo comienza horas antes, ingresando al aeropuerto. Son los techos altos, las escaleras por donde se mire, el horizonte de nunca acabar que ya me preparan para el gran momento. El aeropuerto de Confins no es igual al de Barajas, que conocí cuando fui a Portugal, sin embargo, transmite una sensación de inmensidad, de infinitud como el cielo. La tormenta nos había agarrado poco después de pasar la Cuidad Administrativa.

—¡Mirá! A vos que te gusta interpretar las cosas, ahí tenés, Minas te despide. Abrí un poquito el vidrio que voy a prender el desempañador.

La noche estaba calurosa, y lo único que veíamos al frente era un metro de haces de luz de los faroles delanteros y algunas luces rojas muy difusas de fondo como si fueran pequeños círculos de una fotografía nocturna fuera de foco.

—¿Qué hacés, boludo? —dije aterrado al verlo a Benjamín maniobrando con la mano izquierda el auto y con la derecha el celular para grabar la tormenta.

—Dejame que lo haga yo —agarré el celular y comencé a grabar el diluvio allá afuera.

Cuando hicimos la curva final para entrar al aeropuerto, alguien bajó el interruptor de la lluvia, al estilo The Truman show. La lluvia paró. Llegamos exactamente a media noche, mi vuelo salía a las seis de la mañana, así que teníamos muchas horas por delante. Como me había puesto sentimental, Benjamín me acompañó sin darme lugar a réplica. Además, le gustaba mostrarse leal y buen compañero.

—No nos vamos a ver más, no sé qué va a ser de mi vida si cruzo la frontera —le repetía con un recién pulido pesimismo.

Benjamín, catorce años más joven que yo, me explicaba con voz serena —a lo mejor la voz que había desarrollado conviviendo con Uma en el último año— igual que un padre a un niño, que nos veríamos de nuevo, que yo ni cuenta me daría y ya estaríamos juntos de nuevo. Estacionamos próximos a una de las grandes puertas vidriadas de acceso al aeropuerto. Los pocos taxis que esperaban más adelante comenzaban a irse con los que serían los últimos pasajeros de la noche. Se respiraba el aire fresco que deja la lluvia y en pocos minutos todo se transformó en un desierto.

En aquel silencio de sala de espera hablábamos sobre la noche que le esperaba a Benjamín al día siguiente. Me contaba que, como Uma había ido a

133

dormir a casa de su padre, con Mónica habían planeado pasar una luna de miel cogiendo en un hotel. Estaba feliz, para Benjamín nada había más importante que esas pequeñas treguas que le concedía la rutina con Mónica. Mientras él hablaba mi mente se iba vaciando, como se había vaciado el departamento. Lo primero que vendí fue el pequeño sofá de madera que estaba en el cuarto donde nos cambiábamos la ropa cada vez que volvíamos del supermercado o cuando ella venía a visitarme; donde ella dejaba su cartera, la campera de jean, las zapatillas las acomodaba una a la par de la otra justo debajo de la cartera. La señora que me contactó a través de un grupo de Facebook, vino con su marido y juntos constataron que yo estaba loco vendiendo ese sofá a un precio tan bajo. Después vendí el rack del living a un muchacho de unos treinta años, de estatura baja, delgado, que vino con su hermano como ayudante. Se fue contento porque se llevó el espaldar de la cama como regalo de casa nueva: acababa de juntarse con su novia.

Demoré unas semanas para decidir lo que haría con el sofá del living. Me gustaba mucho ese sofá. Su historia comienza cuando lo encontré abandonado en la calle Hermilio Alves, en el tiempo que Benjamín vivía conmigo en la Mármore. Era de cuerina negra, de tres lugares, uno de los lugares tenía la cubierta rasgada, se veía la gomaespuma, los otros dos lugares estaban a medio camino entre lo rasgado y lo gastado. Casi no lo usábamos, estaba en la sala acompañado por una planta. Benjamín se fue para Argentina y yo me mudé unos meses después a Pompéia, mi primer departamento solo. Naturalmente, me llevé el sofá conmigo. El sofá cobró utilidad en Pompéia una noche que le propuse a Aurora cambiar de escenario, ir de la cama al sofá, y ella con los ojos iluminados como si la hubiera invitado a un paseo en globo aerostático de un salto me tomó de la mano y me llevó al living para seguir cogiendo. ¡La gran Charly García!

Lo hubiera llevado en la valija si fuera posible, pero una mañana me levanté, saqué fuerzas de algún lugar, hice algunas fotos en diferentes horas del día de recuerdo y lo regalé. Poco a poco el departamento iba llenándose de vacíos cubiertos de memorias. Sacar los muebles había transformado el espacio en un lugar que hablaba. Mucho más que cuando el departamento estaba amueblado.

Uno de esos días febriles de confinamiento, abordado por sentimientos de abandono, tuve una idea para una pieza de teatro, transcurría en un cuarto sin muebles, en las paredes y en el piso había pequeños letreros que los nombraba. Cama donde había una cama imaginaria. Sofá donde había un sofá invisible, y así sucesivamente; sucedía una fiesta y los invitados que llegaban se escandalizaban al ver el recinto vacío. A medida que la pieza progresaba el anfitrión hacía aparecer los muebles contando algunas historias o anécdotas de su vida, dándole sentido a la fiesta. No obstante, en el último acto, en el final de la fiesta un volcán hace erupción, arrasa con el barrio, al departamento con sus rugidos y gemidos, todos los muebles fueron petrificados con la violenta y ferviente estructura de las tripas del volcán. Solo el anfitrión escapa de ese horror, es un sobreviviente dando testimonio del desastre. La pieza se llamaría, lógicamente, Pompeya.

No vendí la cama, de hecho, nunca pasó por mi cabeza deshacerme de ella. Un colchón de tres mil reales que valía cada centavo, de esos en los que se puede jugar un partido de tenis de un lado y del otro ni se enteran, y que, fundamentalmente, todavía conservaba el olor a Aurora en el lado izquierdo. De noche, cuando despertaba sin motivo, sabiendo que Aurora existía apenas en mí imaginación, aproximaba la nariz a su lado como lo hacía en los días en que nos quedábamos dormidos y la olía para dormirme. Yo no negaba la realidad, la adaptaba a mis impulsos por romperla y hacerla mía. Nunca pasé para el lado izquierdo de la cama, para mí, el colchón de dos plazas era de una, como si Aurora antes de desaparecer lo hubiera cortado con una motosierra y se lo llevó en su cartera, así que me aproximaba con la cautela de un alpinista que sabe que del otro lado hay un abismo.

A las enamoradas felices que me sustituyeron en el departamento, les regalé mi helecho, un asiento del inodoro nuevo, un estante, una mesa de bar desplegable, el tapete de la entrada que decía *Namaste*, al "chuveiro" lo trocamos por el pago de la última cuenta de luz. Además, le pedí a Paula el favor de entregarle a Aurora la carta, le aseguré que Aurora vendría a recogerla en esos días. Paula lo creyó y pareció contenta de participar como un nexo entre nosotros dos. Hasta yo me lo creí.

Lo que no vendí ni regalé fue a parar al altillo de la casa de la madre de Maitê. Ella había recusado entregar la carta, pero aceptó recibir un sin fin de cajas, cama, mesa, garrafa de gas, ropa de vestir, ropa de motoquero, cascos, estantes, sillas y libros. Solo en las mudanzas somos conscientes de la cantidad de objetos que componen nuestros espacios.

Cuando pienso en Maitê, no pienso en la mujer de la aplicación que me convidaba a coger sin demasiados floreos, sino, por el contrario, en la mujer de ojos claros y piel de marfil que batallaba desde la popa de su embarcación contra una tormenta de vientos huracanados y chorros de agua que brotaban del suelo y de la tierra como si estuviera navegando en la barriga de un borracho. Pocos días después de conocerla ensayé señales con la linterna que yo siempre llevaba en el bolsillo para orientarla en medio de la furiosa oscuridad en la que estaba metida. Las señales comenzaban a ser comprendidas, su intuición le indicó dirigir su proa hacia las intermitencias de mi pequeña luz que la llamaba. Yo agitaba los brazos desde la orilla y Maitê, como si fuera una holandesa errante, encalló su embarcación lo suficientemente próximo como para saltar de ella y caminar escapando de sus nubes personales. Cuando Maitê no naufraga es abogada en el tribunal de justicia. Era mi vecina de barrio, vivía en Santa Efigenia cuando yo vivía en Santé. Fue fácil hacernos grandes amigos.

Cierto día me cuenta que empezaría un nuevo tratamiento psiquiátrico. Dicho tratamiento consistía en sentarse en una silla, relajarse y esperar a que el psiquiatra le colocara un gorro hecho de plástico y terminales con electrodos. *¡Electrochoques!*, pensé alarmado. Intenté disuadirla explicándole la complejidad de nuestras redes neuronales, del cerebro como una unidad, de la necesidad de encarar un tratamiento más serio, de carácter científico, pero no lo conseguía. Yo ya conocía un poco la ansiedad de Maitê desde que se bajó del barco. Quería soluciones inmediatas, no la culpo, yo pensaría lo mismo.

Fue en mi etapa de los sombreros. No recuerdo qué pasaba por mi mente en esa época, pero me compré tres sombreros diferentes: un pork, un bombín, y uno de vaqueros. Todos eran de fieltro. La fase me duró unas semanas, así que acompañé a Maitê a su primera sesión de electrochoques con mi pork de lado y un bigote fino como el de don Diego de la Vega. Ella entró con un rictus de miedo en la mirada, me entregó su cartera con todos sus documentos e indicaciones en caso de alguna complicación y me dejó solo en la sala de espera. Treinta minutos después, Maitê sale del consultorio caminando como si flotara, digámoslo mejor, caminaba dando pasos largos y silenciosos, yo tenía la sensación de que nos estábamos escapando de un restaurante sin pagar la cuenta. Con una leve sonrisa de complicidad, como a quien en segundos le darán la razón, le pregunté: *cómo te fue.*

—Es excelente, pero tengo que esperar para tener resultados, voy a volver —me respondió dándome la espalda.

Mi decepción fue muy grande, realmente tenía miedo de que esas descargas de electricidad en su cerebro la terminasen perjudicando.

—No es electrochoque —me repetía Maitê, mostrándome que su paciencia conmigo estaba agotándose.

La he defraudado las veces que se comportó como mi mecenas, pero ella, con sus actos de solidaridad, agitaba mi vida llena de carencias, me proporcionaba soluciones inmediatas, irresistibles, yo las aceptaba sin pensar demasiado. A veces sentía que trabajaba apenas para pagar lo que ella me había sugerido para comprar, algo que no estaba en mi mente antes de ella invitarme a acompañarla a un shopping o a una de esas gigantescas tiendas de construcción que tanto me seducen. Yo volvía a casa con cajas de herramientas, con delicadas copas de vino, con sábanas que jamás imaginé que compraría, con estantes, sillas de moda, guardarropas, lavarropas. Maitê me tranquilizaba, *después me pagás*, me decía, y no era que me insinuaba que se trataba de un regalo encubierto, de ninguna manera, ella hasta llegó a hacer una lista de lo que yo le debía. Un día me dijo:

—Esto es lo que me debes, más te vale que me lo pagués, ya me cansé de que te aproveches de mí.

Y yo me sentía culpable por haber aceptado, me reprochaba por ser un soñador, un niño en un parque de diversiones cuando salía con Maitê de compras. Un buen día me ofreció sacarme un crédito para comprarme una moto. Mi corazón se paralizó. No había terminado de pagarle lo que le debía y ya me tentaba con algo así. Claro que la pagaría yo, pero hasta la última cuota, la moto sería suya. En realidad, una mera formalidad, porque la moto me cambió la vida desde el primer día, así que me esforzaba mucho por cumplir con el pago de las cuotas y de llevarla periódicamente a sus revisiones técnicas. La ciudad cambió, las oportunidades de trabajo cambiaron, las probabilidades de beber flores y oler el arcoíris eran más altas. Sobre todo, me llamó la atención el amor que se despertó por la ciudad. Como un animal agazapado, esperando el momento exacto para dar el salto, ese sentimiento, que ya estaba dentro mío, cociéndose a fuego lento de pronto no lo pude contener. Las calles ya no eran arduos continentes que había que planear invadir, con la moto se convirtieron en toboganes, en lagunas de hielo deslizándose bajo mis ruedas de doce pulgadas, en campañas donde la vida fluía, el sol coloreaba nubes de crema de manteca, las estrellas eran pinchazos ateridos en la visera del casco y en el horizonte; los morros, montañas de algodón de azúcar. Pasé por todas las calles, todos los barrios por los que había caminado, por donde mis partículas diseminadas se integraban en una especie de pictograma generando una imagen, una anécdota. Fue así que un domingo, como los francos de hacía tres años, me levanté temprano y me dirigí a Buritis. Fui por la Nossa Senhora do Carmo hasta la Raja Gabaglia. Andaba sin licencia de conducir, entonces debía elegir el camino menos peligroso.

Difícil ser detenido, los milicos también son humanos los domingos, me decía, sin embargo, anticipaba con la mirada el horizonte de cada calle para evitar algún bloqueo. Cuando el semáforo se puso en verde, doblé a la izquierda y comencé a bajar la Rodrigues Pereira. La inclinación de la calle hacía que el gran freno motor sonara como un pulmón tuberculoso. Una fuerza increíble que me empujaba en sentido contrario. Cuando el pulmón se relajaba, yo aceleraba unos metros y soltaba dejando que la tos seca del freno motor retornara. Empalmé por la Mario Wernek y vi los bares y restaurantes con algunos comensales mirando a una pantalla de televisión. Jugaba el Galo. Ya comenzaba a sentir la opresión de las calles angostas de edificaciones altas. Los distinguidos árboles en las medianas exhalaban aire fresco, mientras la Scooter gemía avisando que subíamos. Al bajar, divisé el edificio morado del Super Nosso: había llegado. Subí la Alessandra Salum Cadar, la calle que era mi calle. Levanté un poco la visera del casco para que el perfume del parque penetrara en la raíz olfativa de mi existencia. Todo seguía en el mismo lugar, excepto yo, y ellas ya no caminaban junto a mi para comprar comida. ¿Será que están en casa? ¿O salieron temprano para alguna expedición al interior? ¿Quién está de mi lado de la cama? Todo sigue igual pero ya nada es lo mismo. Yo ya no tenía lado en esa cama. Mi corazón latía una sinfonía nueva, mi vida era la vida de un ser humano capaz que dar un salto y partir la tierra por la mitad y con las dos manos separar las dos mitades y chuparle la pulpa para alimentarse.

Amaba esa moto, que en realidad era un scooter 125 cc, blanca, con faroles de led que iluminaban mucho mejor que un auto. Para cuando Beagá se empequeñeció, la equipé con un baúl y un parabrisas y como tenía una gran autonomía, cada vez que surgía la oportunidad, encaraba a la ruta.

3

Como a la una de la madrugada, Benjamín inclina el asiento y se duerme instantáneamente. Siempre envidié esa capacidad de dormir sentado que tienen algunas personas. Cuando viajo en ómnibus de larga distancia paso las horas en un duermevela insoportable, llego a destino con sueño, de mal humor, con el cuerpo confundido sin saber si comer, putear o dormir. Generalmente hago las tres cosas en ese orden. Diferente a mí, que mi energía se mantiene continua para solo interrumpirse cuando cierro los ojos para dormir y activarse nuevamente a la misma intensidad al despertar, Benjamín iba apagándose de a poco. Ya notaba que iría a dormirse mientras le contaba lo doloroso que fue vender la Scooter para pagar los alquileres atrasados. El peso de una pandemia mundial era demasiado grande. Estaba en el aeropuerto como el residuo de una sudestada en la orilla del río de la Plata. Aún no era consciente del empobrecimiento económico y espiritual que había sufrido en pocos meses, por lo menos no cabalmente. Me limitaba a seguir el movimiento, a pensar solo en cosas prácticas: juntar dinero, pagar, comprar comida, pintar paredes, embalar libros, abrazar, despedirme. Me sentía vencido, aterrado. Una sensación de remolino en la panza, como si alguien hubiera sacado el tapón de la pileta y los últimos decilitros de agua giraran vertiginosamente para aspirar todo lo que yo creía que era mi integridad. Me temblaban las manos y la respiración era la disonancia de un bandoneón con los fuelles perforados. Reconocía esas sensaciones desde el día en que reprobé el examen de conducción. Había que adaptarse al mismo ritmo de la vorágine de los acontecimientos. Yo temblaba, no podía mantener el manubrio en equilibrio, el bandoneón empañaba la visera del casco. Estaba pasando ahora nuevamente. Sabía que podía equivocarme gravemente, cada movimiento en falso en esas condiciones tiene un peso específico, mucho más denso que cuando todo está tranquilo y hay espacio para pilotar.

Alguien que no me quiere me está evaluando, y a mí no me interesa su criterio, no lo respeto, le digo: *mirá cómo tiemblo, freno la moto pisando la línea de Pare, respiro como se me da la gana.* Todo el cuerpo me tiembla, lo hago sin poder controlarlo, es mi cuerpo el que lo hace por mí, él decide alzarse contra el evaluador. Yo había dejado de parecerme a ellos, a los hombres de mi sangre, había renunciado a su herencia. De vez en cuando, en situaciones en que me ponía nervioso por alguna injusticia embestía las palabras, y esa falta de coordinación entre mis pensamientos y mi destreza motora me recordaba a mi origen, esa herencia de la que tanto renegaba me atormentaba. Durante mucho tiempo me dediqué a mí, a hacerme más inteligente, a entenderme, a reconocer en los otros lo que me enfurecía y avergonzaba. Estudiaba, leía, investigaba, buceaba en el espíritu de las cosas, no quería parecerme a ellos o al hombre de la biblioteca de Sartre. Solo me interesaba por cinceles, gubias, formones, todo lo que me ayudara a pulirme, a extraer de mi lo que no era necesario, lo excesivo o lo que había en mí de exiguo. Quería refinarme, me esforzaba en los gestos, en mis formas ante determinadas situaciones, luché arduamente por un lenguaje propio, un vocabulario culto que me permitiera decir con más elegancia sin perder la naturalidad de lo que decía. Estaba convencido de mi capacidad para revolucionarme, para hacer germinar en mí lo mejor que podía obtener. Y fue en medio de ese proceso que llegué a Brasil ocho años atrás. Fue en este país donde me consagré a la nueva persona que yo anhelaba ser.

En retrospectiva me pregunto cuándo es que empecé a sentarme de esa forma, cuándo elegí esa postura afectada para sostener la taza con una mano y el platito con la otra. Diferente de la vez que aprendí a abrazar o a besar con lengua que siempre estaba la argucia del otro ideando el abrazo o el roce de los labios, sentarme de ese modo, cruzando las piernas, con al platito en la mano derecha apoyado en la pierna que paso por arriba de la otra y la taza flotando en la mano izquierda haciendo un leve giro, escrupulosamente meditado, para verter una también meditada cantidad de café en mi boca. No sé cuándo lo aprendí, sin embargo, no siento la mirada moldeadora de otro, es algo mío, fui yo el que hizo a ese hombre elegante y delicado tomando café. Fue mi mirada. Tal vez, sea un hombre victoriano, de terciopelo y rubí, creado a partir de mis lecturas solitarias y que no combina con este clima tropical ni con las ropas que uso ni con los idiomas que practico. No lo sé, pero me hace feliz tomar el café de esa forma, es un instante que puedo controlar, una pérdida del pensamiento y del sentido de ubiquidad. Estoy ahí pero no estoy, estoy sentado con mi café en la mano, estoy en todas partes. Nuevamente es mi cuerpo el que domina la acción, acción que también es olvido, y es memoria, es el cuerpo el que evoca y construye lo inmediato. Y es lo que estoy perdiendo poco a poco, minuto a minuto, mientras me reprocho no haber escuchado a Maitê cuando me sugirió alquilar un cuarto económico y esperar hasta que la pandemia pasase. No, yo iba directo al lugar donde no quería ir, al lugar donde yacían todos mis infortunios de la infancia y toda mi adolescencia. Parecía que una fuerza irresistible me impulsaba al desastre. ¿Por qué volvía a Argentina, por qué de nuevo a Tucumán? Y Aurora, ¿dónde está? ¿Estaba dispuesto a perderme de mí?

Nos abrazamos cerca de las cuatro de la madrugada. Con cara de dormido, Benjamín me repite la misma frase de las últimas horas para tranquilizarme. Nos veríamos de nuevo, él no tenía dudas. Los estallidos de las ruedas de la valija se apagaban a medida que entraba al aeropuerto, los estallidos se convierten en un sordo rumor y en breves hipos cada vez que cruzaba la línea final de cada cuadrado del piso. El aeropuerto estaba casi vacío, una mujer sentada en una hilera de asientos hablaba por teléfono entre lágrimas, no se le entendía lo que decía, me miró y cambió de posición su cuerpo para darme la espada. Caminé unos metros más adelante y me senté en unos asientos libres. Una cafetería estaba abierta, me acerqué, le pedí un espresso a la única funcionaria y esperé que abrieran el check in con los pies cruzados sobre la valija.

4

Poco más de las siete de la mañana el avión aterrizó en el aeropuerto de Foz de Iguazú. Al transponer la puerta del avión una bofetada de vapor caliente nos advierte que el infierno se parecía un poco a esta ciudad. Esperé que mis valijas aparecieran en la estera apartado de mis colegas ocasionales de viaje que esperaban ansiosos por las suyas. Fui unos de los últimos en salir. Caminé por el gran pasillo hacía la salida y ya estaba solo, el silencio, el calor traspasando las paredes de vidrios, la placa luminosa que rebotaba del exterior y se reflejaba en las paredes opuestas del aeropuerto imprimía una imagen de abandono absoluto.

Los stands de empresas de rent a car, de paseo turístico, de taxis, adormecidos recordaban una cotidianeidad secular olvidada. La cafetería estaba abierta, pensé en tomarme un café, picar alguna cosa. Al llegar a la puerta de salida, dos mujeres conversaban animadas con sus barbijos en el mentón. Pregunté sobre la mejor forma de llegar a la frontera, me respondieron que no se podía y continuaron conversando, ignorándome. Volví a hablarles interrumpiendo la conversación, y esta vez con una voz conspirativa, dije "cruzar por otro lado", las dos se miraron con cara de espanto, miraron a su alrededor, regresaron la mirada hacia mi auscultándome, como si acabaran de verme. La más vieja me contestó que no se puede, y me dijo con voz seca:

—Preguntale a esos taxistas.

Afuera, dos hombres parados al lado de un taxi miraban en dirección nuestra. Por algún motivo, el clima misterioso que había entre ese cruce de miradas desconocidas se convertía en una telaraña en la que había quedado atrapado. Cada vez que pasaba por Foz de Iguazú tenía la sensación de no ser yo el que dirigía mis pasos, sino los choferes de taxis, de ellos dependía mi destino. Me fastidiaba esa sensación, no la soportaba y me dejaba de mal humor. Me aproximé a los tacheros y le hablé al que me comunicó con su cuerpo que era con él con quien tenía que hablar.

—No se puede cruzar, ni vos que sos argentino —me dijo y agregó—: además no te puedo llevar, no tengo el permiso para llegar.

El portuñol que usaba me hacía desconfiar aún más de lo que me decía, pensé que me mentía para hacerme gastar más dinero de lo que gastaría en el viaje hasta la aduana. ¿Necesitan permiso para llegar a la frontera? ¿Ni yo que soy argentino? Me quiere embaucar, es eso, pensé.

Les di la espalda, furioso, sin despedirme ni agradecer y encaré a la cafetería. Pedí un café. Quería calmarme, pensar con claridad lo que debía hacer, tal vez me relajaría el ritual. Cuando terminé, respiré profundo y perdí la mirada en el desierto que había en el exterior. Las dos mujeres desaparecieron, vi más allá, cerca de una rambla a los dos tacheros apoyados en el parapeto conversando sin barbijo.

Maitê, tengo que llamar a Maitê. Fue lo primero que se me pasó por la cabeza, y le mandé un audio. La respuesta no se hizo esperar mucho, Maitê me llama inmediatamente y me pide un informe detallado de lo que estaba ocurriendo, interrumpiendo solo para preguntar si había hecho esto y aquello antes de desesperar. Al escuchar mi voz diciendo que me dijeron que solo se podía cruzar por avión, me di cuenta de la gravedad del problema. Mi vuelo salía de Puerto Iguazú a Tucumán, los únicos vuelos que encontraba Maitê en ese momento salían de San Pablo con destino a Buenos Aires, lo que suponía que tendría que rehacer mi ruta, perder el vuelo marcado y pagar otros dos nuevos. ¿Quién pagaría eso? Yo tenía unos ahorros de la venta de los muebles, pero no era suficiente para costear ese viaje. Y había una complicación más: la validez del PCR vencía al día siguiente, el día que llegaba a Argentina. Implicaba un nuevo gasto si es que conseguía hacérmelo un fin de semana.

Maitê intentó remarcar los vuelos, sin embargo, las líneas áreas, aprovechándose de los cierres de fronteras en el mundo, se las ingeniaban para quedarse con el dinero. Mis vuelos estaban perdidos, ya vería ella después si los podía recuperar de alguna forma. Maitê le dio prioridad a la solución de mi problema, lo que me transmitió una suerte de paz interior. Decidimos que era mejor ir a un hostal y esperar ahí. Mientras el tachero conducía por una ruta rural, perdida entre bosques y grandes plantaciones, sin consultarlo, Maitê armó un nuevo viaje: saldría dos días después, el lunes rumbo a San Pablo, de ahí para Buenos Aires, el único acceso al país. A partir de Buenos Aires tendría que arreglármelas solo, mi crédito con Maitê se había agotado. Y, tal vez, nuestra amistad también.

El hostal en realidad era el típico parador para camionero. Alejado del centro de la ciudad, con un estacionamiento increíblemente grande, un gran restaurante con pocas mesas y algunos camiones con los capós abiertos en un perezoso proceso de reparación. Tuve que esperar a ser atendido por el dueño. Cuando apareció, al aproximarse pude ver su mirada desconfiada, inquisidora. Tal vez la misma con la que yo le retribuía. Subió conmigo por una amplia e interminable escalera, sin ayudarme con el equipaje, y me condujo por un pasillo con muchas puertas. Una de esas puertas estaba abierta, una señora de unos setenta años hablaba con una niña sin sacarme la vista de encima. No respondió a mi saludo. El dueño abrió una puerta al final del pasillo y entramos a una especie de departamento que tenía dos cuartos con varias literas, un pequeño baño y una cocina. Me entregó la llave y me habló con desprecio, como si fuera una humillación hablarme, sobre las maravillas del aire acondicionado. Dos minutos después cerró la puerta detrás de él y no lo vi más.

Desperté desorientado cerca de las siete de la mañana. Las sábanas estaban en el suelo. El silencio era absoluto. Me vestí y busqué la dirección del consulado argentino. Se ubicaba a unos ocho kilómetros de donde me encontraba, un colectivo que pasaba próximo al hostal me dejaría a dos cuadras. Cuando llegué golpee las manos, era una casa blanca con grandes rejas, vi que solo había una pequeña ventana abierta. A la tercera vez que batí palmas una puerta comenzó a abrirse con dificultad y del hueco oscuro salió una mujer. No, la última ayuda del consulado fue quince días atrás, no podrían ayudarme a cruzar la frontera. Mientras caminaba de regreso al hostal, pensaba que, si hubiera sido más insistente, quizá más virulento, la mujer hubiera cambiado su cara de piedra, sin emociones para atenderme humanamente. Era una primorosa mañana de sábado. El arbolado del barrio transmitía un agradable aire a una benigna vida pequeño burguesa. En la esquina opuesta del consulado, el ir y venir de gente en un laboratorio que promocionaba sus exámenes de Covid al mejor precio de mercado, contrastaba con mi realidad. Estaba jodido, a pesar de ello, el efecto de esa verdad no me desesperaba más como en el día anterior, a lo mejor sea este barrio, las horas que dormí, debería haber protestado más, pensé. Esperé la llegada de lunes comiendo arroz y poroto negro que me preparaba la esposa del dueño del hostal. Era imponente, se le notaba una salud física y espiritual difícil de encontrar en un gimnasio. Hablaba y caminaba como si no percibiera su fuerza o restándole significado a su poder. Ya había visto mujeres así en Minas Gerais, pero allá eran orgullosas, vanidosas. Esta mujer tenía el andar de una persona que siente nostalgia por su aldea. Era la saudade que le fabricaba los gestos, que modulaba su voz cuando me preguntaba si me gustaba la cayotera o el ñame cocido. A mí no me gustaba el ñame cocido, pero yo no la quería decepcionar, así que decía sí a todo. Probablemente, ella nunca estuvo en una aldea, tal vez esa saudade sea heredada. Cocinaba delicioso.

Vuelvo a mi mundo personal. Recobro la estructura de mi mente envolviendo la secuencia de acontecimientos. Veo que cada situación, cada paso dado desde mi salida de Belo Horizonte apuntaban hacia la misma dirección. El lunes llegó y me movilicé agitado hacía el aeropuerto. Nada en las calles o en el aeropuerto hacía suponer que pasaron dos días desde mi llegada a Foz de Iguazú. Me encontraba en el mismo punto, caminaba por una banda de Moebius sin saberlo. Subí la valija a la balanza y entregué mi documento brasileño con el certificado de PCR.

—Señor, su PCR se venció el sábado, no puedo dejarlo abordar —era la voz de un rubio ancho y bajo que pasó a formar parte de una de las frases que nunca voy a olvidar.

Resumiendo, sabía que para hacerme un nuevo test era en el aeropuerto de Guarulhos, para donde me dirigía, pero Latam no se haría responsable de mis gastos de hospedaje en el caso de que diera positivo.

Ensayé unas lágrimas que nunca salieron y una cara de aflicción que no conmovió a nadie, salí de la zona de check in y me senté en un asiento del pasillo exterior del aeropuerto. Sin saber qué hacer y con mi crédito con Maitê definitivamente acabado, resolví salir del aeropuerto y retornar al hostal para pensar lo que haría. Está vez mi solución fue increíblemente no pensar en nada. Me dejé llevar por la situación. Bajé los brazos. No sé si fue por lo extremo de la situación o porque ya había conseguido el objetivo disfrazado de boicotearme el viaje, pero si estaba sobre una banda de Moebius, lo comprobaría a la brevedad.

Cuando bajé del taxi, el dueño de la posada me vio llegar con mi equipaje y con mi mirada en busca de un poco de comprensión. La única preocupación que manifestó fue la puntación que Maitê –quien había hecho la reserva a través de una aplicación de hospedaje– podría darle luego de haberme cobrado mal cuando me fui, no se disculpó, pero me ofreció continuar la reserva anterior con el mismo precio porque todavía no estaba cerrada. Acepté y me ubiqué en el cuarto donde había dormido las noches anteriores. Abrí el celular y a la primera persona que le conté lo sucedido fue a Benjamín.

—Vos no te querés ir, Dani. Dejate de joder y andá a mi casa en Joinville que dejé las llaves con el portero. ¿Tenés guita para el pasaje?

Me decía Benjamín, conociéndome mejor. ¿O era yo el que le creía sin reconocerlo, porque coincidía con lo que realmente deseaba hacer? Lo cierto es que lo que Benjamín predijo se cumplió. Compré los pasajes con destino a Joinville, una ciudad que había escuchado solo por boca de Benjamín y que ahora sería mi salvación. Pero no partiría sino hasta el día siguiente. Aliviado porque nuevamente la brújula marcaba un norte – literalmente volver al norte– un sueño extremo invadió mi cuerpo.

Cuando desperté escuché personas hablando en dirección a la puerta del departamento. Mi cuarto era compartido así que supuse que tendría compañía esa noche. El silbido de rueditas de valija confirmaba mi premisa. Una muchacha se detuvo en la puerta de la habitación y me saludó amablemente. El dueño de la posada estaba a su lado mostrándole lo que mejor tenía el tugurio mugriento: el aire acondicionado de cuatro mil frigorías solo para nosotros dos. Y definitivamente era un lujo para los cuarenta grados a la sombra que hacía en la calle y por la módica suma de trece reales la diaria. La muchacha eligió la cama que estaba perpendicular a la mía, al lado de la puerta. Dejó su valija al pie de la cama y fue a la cocina. Los tabiques de madera dejaban escuchar la conversación que mantenía con su interlocutor. Reportaba que ya había llegado, informaba el nombre del tugurio, del calor y la escuché repetir varias veces, *espero ansiosa tu llegada.*

Al levantarme me sentía rejuvenecido, como nacido de nuevo. Me dispuse a encarar el infernal verano de Foz de Iguazú y caminar un kilómetro hasta el supermercado más próximo, según la esposa del dueño de la posada. Compré comida y diez latas de medio litro de cerveza. Era día de festejar el renacimiento. Cuando llegué la muchacha estaba sentada en la mesa de la cocina comiendo un sándwich.

—¡Hola! Me llamo Daniel —me presenté mientras colocaba las latas de cerveza en el congelador.

—Mi nombre es Helena, un gusto.

El gusto fue de los dos. La invité a celebrar los caminos que se abren junto conmigo. Helena aceptó con una sonrisa, el pearcing que colgaba de su nariz brilló.

—Él trabaja de camionero, la idea es esperarlo acá para viajar juntos a Chile, mi sueño —dijo Helena acomodándose el cabello sobre una de sus orejas.

—Disculpá, Helena, ¿pero la empresa en la que trabaja tiene recorrido para Chile? —Sin saber por qué, pero inquirí conociendo la respuesta.

—No, no tiene, ¿por qué?

—Porque los camioneros no van a donde quieren, van a las rutas que la empresa tiene como destino comercial.

Los grandes ojos negros de Helena se entristecieron. Inclinó la cabeza y tomó un sorbo de cerveza.

—Bueno, no lo había pensado, pero cambiemos de tema ¿qué hacés vos en Foz?

Un tercio de lo que le conté trataba sobre el derrotero de mis últimos días, los dos tercios restantes sobre Aurora. Nada más narcótico y estúpido para un enamorado que escucharse exhibir su resistencia al dolor y su capacidad para sobreponerse a los senderos tortuosos del desamor. Porque si de algo estaba seguro, después de escucharme hablar, era de que Aurora no me quería ver más y que ni yo me creía que la había superado. Las cervezas se acabaron en el mejor momento. Si había que hacer una apología al dios del amor, era el momento oportuno. Pero a buen entendedor pocas palabras: queríamos emborracharnos. Por algún motivo, la misteriosa mujer se tornó rápidamente íntima, próxima. Teníamos historias semejantes o eso creía Helena cuando lo afirmaba. Por lo menos, los dos estábamos embarcados en un viaje de alguna manera engañados. Y con cada cerveza yo la veía más linda, más intensa y radiante. De hecho, cuando volvimos de renovar nuestro stock de cerveza el espacio que había entre nuestras sillas no existía más. Estábamos codo a codo, casi terminando las últimas latas cuando le hablé muy cerca del oído para ir a la habitación. No esperé la respuesta, me levanté con mi lata en la mano y fui para la habitación. Helena llegó después de mí con una lata en una mano y en la otra el encendedor y una cajita cilíndrica de plata con grabados.

—¿Fumás? —preguntó girando el pequeño cilindro.

—Solo en ocasiones especiales y con las personas adecuadas —respondí y me acomodé en la cama de lado apoyado sobre mi codo izquierdo.

La luz azulada de la habitación brillaba en su cabello. Imaginé una cascada a la luz de la luna. Helena sonreía y sus dientes blancos y simétricos combinaban con el esplendor que irradiaba de su mirada ardiente.

—¿Puedo verte desnuda?

Aquí me detengo un momento para contar que esa noche mi imaginación literaria estaba fluyendo intensamente, a tal punto que Helena para mi esa noche tenía un aura a Sonia Braga en Gabriela cravo e canela. Atribuyo esa fuente imaginativa a las tan placenteras lecturas de Jorge Amado y a las películas. Retomando el momento.

—¿Cómo así? —replicó Helena con una sonrisa avergonzada casi apoyando su quijada en uno de sus hombros.

—No sé, te encuentro tan bella, tan perfecta, creo que nunca vi una diosa.

Helena terminó de enrollar el faso, lo encendió con mucho cuidado, hizo una seca y me lo pasó. Sin salir de mi posición estiré el brazo para que ella me lo acercara. Hice una seca profunda y mientras el humo iba saliendo de mis pulmones, detrás de esa nube espesa e irregular, Helena comenzaba a desnudarse. He visto muchas mujeres desnudas, pero esa noche de febrero estuve frente a una visión. Todavía lo creo así. Helena desataba de su cuerpo una fuerza sin límites, lo que me mostraba era el poder de la naturaleza sublimada en una voz iracunda sin rastros ciertos. Era la muerte garantizando el impulso hacia la vida, hacia lo bello del ser humano. Comenzó a danzar por la habitación, cantando una canción tal vez inventada o, tal vez, mi memoria no recuerda la canción, pero giraba en torno al espacio que había entre las camas. Me incorporé y la tomé por la cintura e intenté seguir el paso, pero la gravedad no era mi aliada esa noche y perdí el equilibrio sin soltarla. Nos apoyamos en la pared y la besé. Contrario a lo que aprendí en la facultad de Psicología, la historia de Helena, pasando de internación en internación, de medicamentos en medicamentos, de amores locos e inexplicables, toda esa nube oscura que constituía su novela familiar se manifestaba como una resistencia vital, hoy creo profundamente que la fuerza generadora de vida es la muerte, porque es la muerte la que carece de existencia, que es buscada con la misma intensidad con que Helena baila desnuda para un desconocido en una habitación en Foz de Iguazú.

—Tenés que prometerme una cosa, que mañana no te vas a acordar de nada de lo que pase esta noche, sin cobranzas ni comentarios —habló con la respiración agitada.

—¡Te lo prometo! Respondí como si fuera un juramento sagrado para una logia masónica.

La abracé y ella respondió suavemente colgando sus brazos sobre mis hombros. El cálido vapor que emanaba su cuerpo era levemente cítrico. Pasé mi nariz por su cabello, por su cuello y orejas. Todo olía a los contornos cálidos de la mata atlántica en verano. Dibujé con mis manos el triángulo que formaban sus hombros y su cintura apretada. Fui a su monte de venus tibio y desértico.

—¡Despacio, por favor!

La voz de Helena se tornó temblorosa y sacó mi mano que caminaba por sus labios hinchados.

—Todavía me duele, ustedes los hombres no saben nada. Siempre las mujeres son las que pagan los platos rotos —La agitación de Helena comenzaba a transformarse en preocupación, revuelta, desahogo político.

—¡Disculpá! ¿Qué fue lo que hice mal?

—Nada, no es tu culpa. Es que cogí la semana pasada con mi novio y estoy usando una crema que me dio la ginecóloga. Todavía me arde.

Yo quería abrazarla, contenerla, pero salió de mi lado y se acostó en una de las camas sobrantes.

—Además ustedes los gringos piensan que las brasileñas somos todas putas. El tono de voz fue espesando, siendo cada vez más agresivo.

—No, Helena, no es así. Hace muchos años que vivo en Brasil y no soy de ese tipo de hombres. No quise ofenderte.

—¡Váyanse todos a la puta que lo parió! Se dio vuelta y bajó el interruptor del mundo real.

Por la mañana desperté con Helena gritando al teléfono en la cocina.

—Sos una basura, un mentiroso, me prometiste una cosa que no podés o no querés cumplir. Yo vine a la concha de tu hermana por vos y ahora me pagás con eso. ¡Sos una mierda! Dale, decime algo, no te quedés callado basura, hacete cargo y decime la verdad, sos un cagón.

La intensidad de los gritos comenzaba a aumentar y se intercalaba con breves silencios que aprovechaba para limpiarse los mocos de la nariz. Y retomaba la embestida cada vez más virulenta.

—Por qué prometes algo que no cumplís, sos un cobarde, no sos hombre, ni plata tenés para enviarme para que te espere hasta que vuelvas..., sos una basura.

Me despedí de Helena con muchas ganas de pedirle que me acompañe, pero solo atiné a decirle que nos volveríamos a encontrar en cualquier momento, ella hizo una mirada de apatía y siguió metida en su notebook viendo una serie. Bajé las escaleras con mi valija y mi mochila rumbo a la terminal de ómnibus sin penas ni gloria. A las 18:30 en punto el ómnibus partía a Joinville.

5

Celine: *Baby, you are gonna miss that plane.*

Jesse: *I know.*

Jesse sonríe alegremente y Celine continúa siendo Nina Simone, abanicando los codos y las caderas sin mirarlo. Los últimos minutos fueron lo que todos esperábamos. Unos últimos minutos elásticos, casi infinitos. El gato Che y Jesse desempeñan a la perfección el papel de monolitos. Son la sensación temporal de instantes fugaces que buscan permanecer. Ellos abren sus ojos todo lo posible –como si fuera la primera vez, dice Celine– sintiendo los paralelepídos entrar, la gente sentada a la mesa comiendo sus comidas colectivas, la bermuda del asador, los escalones y la pintura de las paredes descascaradas, todo entra por sus ojos. En esa secuencia, ellos y las cosas funcionan como un sortilegio, como un letrero luminoso muy grande al costado de una ruta desierta que dice «este momento no se repite más. ¡Agárralo!».

Es como si los directores nos animaran a palpar la degradación, la posible pérdida: estamos reviviendo la caída del cielo que alguna vez todos sufrimos. La pérdida de la memoria colectiva y de la personal. Una que fluye y que es imperceptible, casi sensorial, que nunca se deja ver con solo un par de ojos, siempre exige muchos ojos. Y la personal, como la mía, ordinaria, insignificante como una piedra rodando por un cráter de la luna en este preciso momento. Porque –al fin y al cabo, más al fin que al cabo– estamos cansados de la realidad abrumadora de nuestras vidas anodinas. Sí, abrumadora. Yo perdí, no uno sino dos vuelos y no tenía una Celine anunciándome lo que iba a pasar. Bueno, tal vez la voz de Benjamín diciéndome por teléfono que yo no quería irme era una advertencia para no intentar cruzar la frontera por tercera vez. Esa mañana en el aeropuerto de Foz de Iguazú comenzó mi viaje. La derrota que me propinó la pandemia, la economía, la falta de suerte y la desaparición de Aurora comenzaba a modelarse o, tal vez, era mi propia existencia modelándose, cobrando nuevamente sentido.

Pompéia

1

Voy a comenzar admitiendo que esto no es una historia de ficción, aunque sea inverosímil. A continuación, diré que estoy recostado y puedo verme los pies en el espejo del guardarropa que está a los pies de la cama. Tengo los pies largos y finos, como una invención de Tim Burton. Mis manos acusan el mismo fenómeno, a pesar de que a veces lo olvide y las vea perfectamente normales. Allá afuera se escucha una sirena avisando que el tren está pasando. La máquina es más ensordecedora que la sirena. Es el tren que avisa que está sonando la sirena. Desde que comenzó la pandemia esa escena se repite tres veces por día. Los vagones repletos de minerales. La sirena. Mis pies. Mis manos. Vivo en Belo Horizonte, en el barrio de

Pompéia. El tren lleva los minerales a Victoria que después siguen su camino hacia algún barco rumbo a Europa, probablemente.

Hoy se cumplen ciento setenta y seis días de cuarentena. Antes, mi concepción de cuarentena era exactamente de cuarenta días, pero hoy sé que pueden ser ciento setenta y seis o más. Si bien, eso es lo que menos importa. Lo que realmente importa es que los días son todos iguales, excepto en esporádicas ocasiones cuando voy al supermercado y uso el tapaboca o el barbijo como le dicen algunos, y cuando regreso y me saco las zapatillas y las dejo en el balcón tomando sol. Las zapatillas están mordidas por el perro de Maitê en el contrafuerte. Leí por ahí que el sol no siempre está igual. Eso es conveniente, todo pasa. Excepto, como ya dije, estos días que tienen la lógica de no pasar, porque son todos el mismo día.

Tengo la mejor vista de la ciudad. A esta hora, digna de Rembrandt. Como si el horizonte fuera un cuchillo de acero damasco que fue lavado con ácido, mientras un niño corre con su barrilete. Sé que todo eso es real porque escucho el motor de la locomotora quemando combustible. Y huelo el aroma de las longanizas que hice la semana pasada, más filoso que ayer, recorriendo el departamento. Y pienso que detrás de ese orden no hay nada, que podría morirme aquí mismo atragantado con mi propia flema y nada habría

166

cambiado. Excepto los colores del cielo que han sido lavados: naranja rojizo, verdes, amarillo, azul, celeste, gris petróleo, negro, cada día más nítidos, casi inmaculados. He oído decir que nuestra vida se resume a nuestras propias violencias, a la exacerbación de nuestro desequilibrio. Pero, mierda, ¡cuánta verdad hay detrás de esa frase!

En lo único que puedo pensar ahora es en el caos, en que ella alteró los algoritmos de mis redes sociales, el perfume de mi colchón; su bombacha roja todavía ahorcada en el baño, y estas ganas locas de sacármela del corazón. El cielo sigue ahí, bien idiota, como de costumbre, lindo. Los colores se van apagando y pienso que es verdad, mi destino es tener la mejor vista de la ciudad.

De noche pasa el vigía con su bocina tartamuda. A veces, pasa por noches que se muerden los labios. Y que no dicen nada mientras visto y desvisto la lírica de mi ropa vieja y putrefacta. Alguien me está contemplando, quisiera decir. Y el sonido rasga la tierra en dos mundos. Por eso yo también callo. Callo el golpe de estado. Esa desnudez primitiva que se parece a una esquina iluminada por un farol, que ella me regala ¿Cuántas veces he creído amarla? Yo, de nombre dudoso, sencillo de diluir en el río. Hubiera sido mejor tocarle sus pies, rendirme a su grandeza de sobreviviente, a su perfil de pez, adjudicarle mi clandestinidad y mi suerte de can.

167

Vomitarle mi cerebro engendrado por mi corazón. Existen las noches partidas a la mitad en que abro los borradores que ella dejó y leo enigmas. *Tuve suerte*, pienso, mi vida es un garabato primordial. Yo también soy un sobreviviente.

—Está llegando mi futura ex.

—No digas eso —me desaprobaba Maitê en su mejor función cabalística.

—Estás realizando lo que vas a hacer si lo decís.

—Está llegando mi futura ex y la semana que viene voy a Praga.

Yo protestaba, pensando que en la vida existen dos tipos de personas: las que fraguan sus existencias con la magia de sus pensamientos y los que, como yo, no comprenden el porvenir como algo al alcance de la mano y tantean de un lado al otro del río. Maitê acaba de irse, trajo comida y una botella grande de alcohol en gel. La sorprendí cuando le conté sobre Aurora, elogió mi reserva y exhibió una sospecha sobre la importancia del asunto demandándome detalles personales de Aurora, *parece alguien especial*, me dijo. Yo también me sorprendí por habérmelo guardado tanto tiempo, aunque ahora, unos meses después, especule que me reservé, solo para mí, tanto el placer de sentirme nuevamente amado y deseado como el desaliento de saber que el romance venía con fecha de validez establecida. Era el momento de hablar, debía hablar para sacármela de encima. El último en olvidar es el cuerpo. En algún lugar lo leí. Todo vuelve al cuerpo como un estampido en el malecón. Es una guerra total. Este es mi diario parece decir el cuerpo. ¡Escúchame! ¡Léeme! Te lo pide a gritos. A estampidos limpios. El codo habla poco o nada, solo sirve de apoyo para que hable la barriga, las tetillas, la circunferencia del glande, las yemas de los dedos mientras te anestesias con alcohol. Lo intentas. No estás de ánimo o por fin vas aprendiendo a leerlo de otra forma. Algo más llevadero. ¡Que cambie de letra! Que elija mejores palabras, no me gustan sus metáforas ni mucho menos sus historias tan míticas. Esos son algunos de los argumentos que te decís. Te anestesias con pensamientos mejor que con cerveza. El bandoneón en Libertango disipa por un momento el estampido en el malecón. Y tus caderas, que bien estaban inmóviles en el sofá, se balancean, pero sin moverse. Sabés muy bien que se localizan en el mismo lugar donde se encontraban unos segundos antes. Sentís en el fémur un cosquilleo, un abrazo que sale de unas piernas, estás apernado; unas piernas que salen de un torso que sostiene un cuerpo perfumado de sudor. De repente ese cuerpo que se hundía en tus caderas se detiene, y el hermano gemelo del brazo, que guiaba la mano practicando un roce, en perfecta sincronía sujeta el cabello que se abalanzaba sobre tu rostro acariciándote. De tu boca salen palabras, articulaste un pedido. El cabello vuelve a su estado de sustancia líquida a tu glándula pineal. Una brisa se mece sobre tu sonrisa y el movimiento pendular y uniforme del bandoneón armoniza con el de las caderas de Aurora. Lentamente, en un acto de prestidigitación, otra mano imaginaria te tira la verga para abajo. Pensás (estoy seguro de que lo pensás como si vos fuera yo mismo) que te quiere arrancar la verga. Pero te la está devorando lentamente. Te cura con la savia que emana de su cuerpo. Te arregla con su oro. ¿Querés que tu cuerpo cambie la letra? Seguro querés que cambie de metáfora. ¿En realidad, te gusta pensar que fuiste vos el que lo escribió? Escribís porque confías que sos íntegro y no algo para ser quebrado todas las veces que fuera necesario, y una vez, por lo menos una vez cada tanto, comprobar ante el espejo el kintsugi que sos. El cuerpo te lo advierte, no está ahí para mentirte, no estás roto, sos parte de todo, sos una parte del todo. Su naturaleza orgánica te sucumbe, te revuelve, es la rebelión de una vivencia que se niega a perecer sin ser celebrada. El cuerpo, tu cuerpo cuando lo escuchás, cuando te habla borracho, cuando se convierte en Sileno y te canta las cuarenta, entendés las minucias de los sentimientos encarnados, los mismos que se estrechaban en las piernas de Aurora, porque esa fuerza que te abrazaba, esa tibieza formaba parte de los matices de su propio dolor. Ella te lo advertía, *no soy apta para muchos vicios, excepto lo dulce y comprar... mi padre era dependiente químico y alcohólico, crecí conviviendo con esa falta de control... no puedo, no tengo el valor, no puedo vivir algo así, me condené a no ser feliz mientras no resuelva mi problema.*

Y yo estúpidamente intentando explicarle cómo es que la busqué después de irme del bistró, como si pormenorizar, contarle que hice tal y cual cosa, iría a darle más peso a la verdad. ¿A quién le importa una infancia miserable si se tiene un presente deslumbrante? Me decía. Su voz, yo escuchaba su voz en los audios que me enviaba o en los susurros que sembraba en mis oídos, es bahiana, me convencía a mí mismo, su cuerpo está acostumbrado a experimentar sentimientos delicados, sentimientos encarnados, tonalidades de la consumación del amor correspondido e inesperado.

—Vos despertás el deseo de la renovación y de conocimiento en mí, en estos días aprendí más que en los últimos años.

Susurraba y después borraba con el codo lo que acababa de decir con frases impactantes.

—Estoy viendo muchas novelas mexicanas, quiero trabajar en Televisa —repetía atribulada.

—Tres cuartos de la pieza, Hamlet gasta vacilando sobre lo que tiene que hacer, vámonos de aquí, quiero verte germinar.

—¿Me estás llamando indecisa?

—No, no, es que Hamlet era aquel ser humano que va al supermercado y se olvida la lista de compras. Y, cuando la encuentra, se olvida lo qué fue a hacer al supermercado.

—No, no puedo, tengo obligaciones, para vos es fácil, no te apegás a nada ni a nadie.

Pero yo sí me apego, solo que el flujo de la vida es algo irresistible. Mi ex, yo esperaba a que mi futura ex tocara el portero y repitiera la misma frase de siempre: *estoy abajo ¿me vas a abrir?* En el horno estaba el lingote de limón que ella me había pedido, el departamento estaba caliente y perfumado. Es sencillo abrir la puerta, exhibir una docilidad civilizada esperando que ella cumpla con su ritual de cambiarse de ropa, dejar el coronavirus doblado en la pieza que se transformó en vestuario, sobre el pequeño sofá de madera, y recibir su peso y sus labios fríos de sudor unos segundos después.

—Como viento y engordo y vos que me tentás con tus budines, suerte que equilibrás con tu sexo.

»¿Podés creer que en el carnaval fui a trabajar a Tiradentes? Catorce horas por día, con una comida únicamente. Mi hermana me explota demasiado. Volví como si hubiera vuelto de la guerra.

Ella trabajaba y yo besaba por primera vez en carnaval. En la notebook sonaba Belchior, y con ella ahí me parecía música tonta, me avergonzaba mi gusto musical. Aurora se sienta en la mesa, digita alguna cosa y me dice:

—¡Escuchá el estribillo!

—Voy a tener que tomar baño de mar para olvidar a esas dos.

"...É por causa que eu faço mexidinho
Faço gostosin, eu te pego assim e faço
É porque eu faço mexidinho
Faço gostosin, fim de papo..."

—¿A ellas dos o a nosotras tres?

—No, de vos no me quiero librar.

—A veces, pienso que vos no sabés muy bien quién soy ¡Soy hija del capitalismo!

—Y yo también. ¿Pero por qué cambiaste de tema?

—No sé, tal vez pensás que soy más piola y menos burguesa de lo que realmente soy. No quiero engañar a nadie.

—¿Qué es lo que querés decir?

—Que vos pensás que soy piola pero no es así.

—Decime, ¿vos querés ser dueña de una hacienda de café o de algún área de la industria? Tal vez yo no me equivoque.

—No pensé en esas posibilidades.

—Creo que vos escuchaste hablar que los marxistas somos franciscanos, descalzos y pobres o estalinistas, queriendo nacionalizar tu vaca. Yo también quiero vivir bien, quiero condiciones de vida más humanas, pero no a costa del trabajo de otras personas.

—Yo soy cheta.

—¡Ya sé! Tengo buen olfato.

—Tengo amigas bien burguesitas y no me molesta eso. Y, tal vez, quiera ser igual a ellas.

—Yo quiero tener lo que ellas tienen sin ser mediocre y deshumano.

—¡Ah! Intento hacerte dudar sobre mí, pero vos protestás. Una cachetada esa respuesta.

—No es fácil. Yo te veo.

—¿Voy a necesitar esforzarme más?

—No lo vas a conseguir así.

—Me rindo, después no reclamés.

—La única forma que puede resultar es que me digás que no te importa nuestra SINTONÍA.

—¿Eso cambiaría las cosas?

—¡Todas!

—Te busqué por esa SINTONÍA.

—¿Me llamarías insensible?

—¡No!

—Pero soy casi una ogra.

—Me escaparía. ¡Ogra!

—¡Ves! Querés aprovecharte.

—Aurora, yo te vi.

—Ahora sos vos el de las telenovelas mexicanas.

Cierto día, equis vino a visitarme. Aurora llevaba varios días machacándome con que debía conocer a otra persona, restarle importancia a lo que sentía por ella. No recuerdo a equis, apenas recuerdo que, con el idiota argumento romántico de la ofrenda, le conté a Aurora. Y la lastimé, creo que fue cuando comenzó a romperse algo cristalino, frágil. Quería expresarle mi incapacidad de salirme de su mente, de su cuerpo, que estar con otra significaba retornar a ella. El efecto del espejo invertido de Alicia en el país de las maravillas. Pero la herí, herí de muerte al flujo natural de la entrega. Yo me ponía a prueba, ensayaba alejarme de Aurora, salirme de su perímetro, de su campo magnético.

—Me siento ridícula, por creer que había sido especial, por sentir tu falta. Nada de lo que digás va a cambiar esta tristeza, rompiste algo real.

Y las lágrimas ardían en sus ojos, creaban un sentido material a lo que ella llamaba algo real.

Acatando los días, siguiendo un itinerario guiado por esas clarividencias, esos dolores imponían retroceder por el impacto, y estimar el retorno a la fuente, a la pasión auténtica que nos unía para actualizar el sentimiento. Luego, el dolor se hacía invisible y recuperábamos el equilibrio de las conquistas de los encuentros. No teníamos planes, o quizás sí había planes. El plan era discutir si tal día nos veríamos o no.

El confinamiento riguroso al que yo me sometía, contrastaba con la rutina de Aurora que dudaba de la existencia de una pandemia. De su casa al trabajo, del trabajo a un evento con su hermana, del evento y sin dormir al cumpleaños de la hija de Marcelo.

—Cierro los ojos y siento como si estuviera en tus brazos, pero cuando los abro, cosas terribles pasan por mi cabeza. No consigo estar lejos de vos, mi cuerpo te extraña. ¿Qué será lo que está pasando?

—¡Descubrilo!

—Tengo miedo, no me reconozco.

—*¿Sabe o que você tem?*

Interrumpía con ese estribillo, que se había tornado nuestro salvoconducto, nuestro ábrete sésamo para volver a ver el paisaje y restarle importancia a nuestro drama. Yo no tenía suerte porque besaba bien, mi suerte se restituía cada vez que ella avisaba que había llegado. El portero eléctrico no funcionaba, de manera que bajar, abrir la puerta y verla parada en el umbral con una sonrisa y ese vapor perfumado que emanaba su cuerpo y que yo inhalaba como si fuera arjé, para mí, era toda la suerte del mundo. Y para recibir a la suerte yo preparaba lingotes de limón con una espesa costra de cobertura, limpiaba y perfumaba la casa, regaba las plantas, yo también me perfumaba, trataba mi piel para dejarla más suave y sensible, y maquinaba la forma de retenerla lo más posible. Esquivar el terror que me daba el virus y perderla. No sabía diferenciar cuál era peor o si eran lo mismo. Por momentos la posibilidad de perderla me imponía un régimen de comportamiento marcial, de ejercicios que practicaba para evitar un daño mayor. Y lo hacía hasta cuando ella estaba presente. Aurora reclamaba, me decía que me volvía más productivo con ella en casa, pero no era cierto, yo me preparaba. Otras veces, siguiendo las noticias, ajustaba mi día en función de los decretos. El terror a morir como mi abuelo, sin aire, entubado y solo en una cama era superior al deseo de verla.

—Estoy preocupada por vos ¿cómo va a quedar ese coso?

—¿Cuál coso, Aurora?

—El corona, che

—Quedarme en casa, morir de amor, de hambre y desasosiego, normal.

—¡Me estás jodiendo! ... Voy a tu casa temprano, tipo siete de la mañana ¿Querés?

—Claro que quiero, vos sabés.

—No sé, es bueno preguntar, ¿no?

—Me arde la espalda.

—Eso para que no te olvidés de mí.

—Dejaste un agujero en el departamento.

—¿Agujero? Vos me dijiste que querías estar solo ¿Estás loco?

—Y vos aceptaste y te fuiste... si te pedía que te quedaras, ¿te quedabas?

—¡No!

—¡Viste! Te tengo calada.

—¿Todavía no te aburrís de mí?

—Yo creo que tengo el virus: por lo menos viví un gran amor.

—¡Dejá de ser dramático! ¿Ya almorzaste?

—Siento dolor de garganta y estoy con dificultad para respirar.

—¿Cómo es posible que tengas esos síntomas si no salís de ese departamento, mi amor?

—¡No sé!

—No bromees con eso, yo no te pasé.

—No estoy bromeando, desperté así.

—Debe haber sido alguna mujer que te visitó, ¿no? Me dejaste preocupada, pero yo no siento nada, solo saudades.

2

"...Meu bem, o meu lugar é onde você quer que ele seja..." La manteca tiene que estar a punto pomada, montarla unos minutos y a continuación el azúcar para blanquear... "...Não quero o que a cabeça pensa, eu quero o que a alma deseja..." A ella le gusta con una gruesa capa de cobertura... "...Arco-íris, anjo rebelde, eu quero o corpo, tenho pressa de viver..." Agregar el huevo a la mezcla espumosa, después vienen los perfumes: dijo que le ponga mucho limón. Ya tengo rallado la cáscara de cuatro limones y el jugo para la cobertura... "Meu bem, mas quando a vida nos violentar...pediremos ao bom Deus que nos ajude, falaremos para a vida: vida, pisa devagar, meu coração, cuidado, é frágil, meu coração é como um vidro, como um beijo de novela" ...Está perfecto, el remolino de olores. Hoy viene. ¿Qué estará haciendo? No le pregunté qué es lo que hace, cómo es su rutina en el trabajo "... Meu bem, vem viver comigo, vem correr perigo, vem morrer comigo...Meu bem, meu bem, meu bem..."

Ahora los secos tamizados. El horno está calentando la cocina, me gusta esta hora del día, son las cinco y veintisiete de la tarde, si no me equivoco ella va a llegar cerca de las siete. En un momento la sala se va a pintar con esos colores anaranjados que tanto me gustan "...Talvez eu morra jovem, alguma curva do caminho, algum punhal de amor traído...completará o meu

179

destino..." El molde enmantecado y enharinado. Todo listo para llevar el lingote al horno.

—Llego a la hora de irme. Estoy yendo en tren, si voy en Uber, no llego —La voz contenta de Aurora se mezcla con la olorosa advertencia del lingote en el horno. Ya debe estar llegando al punto.

—Yo estaba colgando la ropa y escuché el tren pasando, una certeza subió por la panza, pensé: ella viene en tren.

—¡Ah! no, vos estás por demás hoy. ¡Te amo!

Los compresores habían parado de funcionar, en el trabajo todo funcionaba mal y todavía su hermana retornaba a casa llorando, deprimida por la impotencia de ver personas muriéndose sin ayuda. Aurora estaba extraña, distante. La alarma se accionó nuevamente, me puse en alerta y comencé a asediarla con preguntas. Sus respuestas eran absolutas, inquietantes. Jamás podría darme la atención y dedicación que yo exigía. Dijo exigir, dijo que jamás.

—No puedo conversar con vos, me hacés sentir normal, y yo no me siento normal. Ayer tenía que explicar qué tipo de decoración me gustaba y no sabía decirlo, porque realmente no sé nada de lo que me gusta.

—Ayer hablé con una psicóloga que hace hipnosis. Quiero descubrir mis traumas, entenderme mejor, no puedo vivir siempre perdida y vos no me ayudás. Entendé que soy desapegada y me gusta serlo, odio las responsabilidades y obligaciones. No puedo exigirte aceptarme de esa forma. No soy quien necesitás.

Nos cuidamos con barbijos, con distancia social, lavándonos las manos con frecuencia y evitando tocarnos la nariz y la boca, eso nos enseñan. La contaminación es algo inevitable, ni la vacuna nos puede salvar, todos la vamos a pillar. Es necesaria la inmunidad de rebaño para superar la pandemia, pero todos vacunados. *La violación es algo que se pilla*, dice Virginie Despentes. No obstante, una violación, ¿cómo se pilla? ¿dónde se enseña a evitarla? ¿Por qué no se usa la palabra violación? ¿Cómo es que Aurora enunciaba la violación que sufrió? Ella decía, sufrí abuso, provoqué lo que no debía en quien no debía. Domesticada a través de la violencia para responder al ejercicio de poder del macho. Saberlo me exhorta, pero cómo, ¿me da rabia? Me gustaría matar a golpes al que lo hizo, pero ¿por qué esa brutalidad? ¿Por qué siento impotencia? ¿Por qué quiero protegerla? ¿Es la injusticia o es la misma violencia que se ejerció sobre ella cuando era una niña la que instiga ese sentimiento? ¿Me gustaría convencerla de odiar al que lo hizo para que quiera matarlo? No quiero poseerla, quiero amarla, estar a su lado cuando levante su voz para enunciar, cuando comiencen sus palabras de orden ante la ignominia. ¡Como quisiera tener la genialidad que ella ejerce sobre mí para sanarla!

Yo le acariciaba los pies, mientras ella, recostada en el sofá, se deshacía en lágrimas. Yo también te violé, mi amor, quería decirle, no merezco tu amor. Las veces que no supe o que me callé ante una injusticia hacia una mujer, fui cómplice de una violación. Es tan ciego el poder que no recuerdo las veces que violé, Aurora. ¡Soy un cobarde!

En ningún momento pensé en las consecuencias de mis preguntas, de mis exigencias. Simplemente, daba un salto y mientras caía rogaba por encontrarme con un poco de agua. Por regla, con Aurora había la suficiente agua como para mantenerme a flote y ahogar mis pequeñeces. Pero en esta ocasión, un sentimiento inquietante se adueñó de mis pensamientos. Algo estaba comenzando a ocurrir. Un río subterráneo se manifestaba, los dos sentíamos la agitación del flujo subiendo por nuestros pies. A lo mejor, los dos estábamos siendo afectados por el confinamiento, por las noticias de muertes, por la imposibilidad de vivir un día sin tener que pensar en dinero. Yo había conseguido la asistencia del gobierno, cubriría dos tercios del alquiler con eso, el tercio restante tendría que ingeniármelas para completar. Una vez más, con la ayuda de Maitê compré una moledora de carne para hacer chorizos y junto con la venta de alfajores me despreocupé por unas semanas por la sobrevivencia. En el caso de Aurora, los días se hacían más complejos y emotivos. El primer cambio que la impactó fue terminar su relación con Marcelo, lo que la dejaba por momentos distraída y taciturna. En ocasiones no respondía mis mensajes, y cuando lo hacía unas horas o días después me hacía entender que debía respetar su derecho a desaparecer, a no querer hablar conmigo ni con nadie. Yo reaccionaba a esa distancia con terribles sentimientos de abandono. Terminaba nuestra relación, no la vería nunca más. Pero terminaba agradeciéndole todo lo que me había dado y disculpándome por ser un niño mimado. Mi berrinche duraba poco, al día siguiente me saludaba y sin muchas vueltas me decía que quería verme. El segundo episodio fue un incidente con una familiar de Marcelo. En realidad, ese suceso, nos impactó a los dos. Al parecer la muchacha de unos diecinueve años se había embarazado, no quería ser madre y para complicar el cuadro estaba pensando en suicidarse. Esa eventualidad coincidía con unos días de visitas a farmacias de Aurora. Mis fantasías paranoicas o mis deseos de ser padre completaban la historia de otra forma. La infección urinaria de Aurora por permanecer ocho horas sentada en el escritorio sin beber agua, para mí era un embarazo en curso. La discusión, que duró unos días la cerró Aurora con su primera tentativa y demostración de que el desenlace de nuestra historia juntos se estaba aproximando.

Una de esas noches tuve una gran epifanía: puedo ser devorado. Al día siguiente, al despertar la vi hinchar sus pulmones para sumergirse en el mar, o a lo mejor para meter la panza y entrar en el pantalón de bengalina negra que se puso porque le mencioné que me excitaba. Me da un beso y cierra la puerta. El eco de sus zapatillas se suicidaba en el hueco de las escaleras. Verla sentada en mi sofá unos días después de haberle confesado que ella me gustaba representaba algún tipo de absurdo, de anomalía. Verla yéndose me parecía algo más coherente.

No recuerdo si tuve valor o si fue apenas un impulso. Es tan nebuloso recordar. Creo que me senté a su lado, ella entendió la transgresión de entrar en su espacio. Creo que le tomé su mano derecha, tal vez escruté las puntas de sus dedos y el aspecto de sus uñas, la miré a los ojos unos segundos y la besé. Después no sé qué pasó con exactitud. A lo mejor le besé los labios un tiempo indefinido. No lo recuerdo bien. Pero nos besamos y cogimos un fin de semana. De eso sí me acuerdo bien, aunque puede que todo sea una quimera. Parábamos para reírnos y beber agua. Una semana después repitiendo el mismo espectáculo, ella dice con voz maliciosa:

—Me dejaste la concha hinchada.

—¡Uy! Disculpá, es que parece que tu corazón está muy lejos, respondí añadiendo una sonrisa burlona.

Ella sonríe y me imputa algún tipo de hechizo al oído. A ella le gustaba susurrarme cosas al oído. Yo para entonces, creo, mantenía mi estoicismo, cosa que ella derrumbó en algún momento como si fuera el único propósito que la motivaba. Aurora me pedía atención y yo no se la daba. Me ejercitaba para que su partida doliera menos. De noche despertaba sobresaltado y le preguntaba si ella era real, menos por cursilerías que por adiestrarme a los recuerdos que vendrían a asediarme en el futuro. Ella volvía a dormir y yo enterraba mí nariz en el torpor de su cabello hasta dormirme. No estaba intoxicado, ni borracho de pasión, era la aspereza de la realidad en mí mente hecha mí cuerpo y el de ella. Estaba nutriéndome de realidad pura. Acerté todo, las reglas del amor y la pasión se habían quebrado. Nuevos sentimientos, algo excepcional alimentaba nuestros encuentros. No era apenas en el sexo donde nuestras mentes transfiguradas en cuerpos se expandían, también ocurría cuando preparaba el budín de limón que ella me había pedido o en las calles que ella desandaba todos los días que me visitaba. Nos dijimos te amo, y yo lloré rompiendo el maleficio, el luto en el que creía hacía tiempo. No obstante, no era amor, era mucho más que eso, formábamos parte de todo lo que existe, y apenas eso esperábamos en cada encuentro. Es difícil emancipar al amor y al deseo, pero es extraordinariamente sencillo eliminarlos. Sé que pasó de este modo. También recuerdo que desapareció. Me bloqueó en sus redes sociales, en su vida. Y creo que escribo esto como si intentara restaurar un sueño minutos después de despertar.

Aurora era una canción de Armandinho. Tal vez una pausa, el silencio que le da sentido a una melodía. Su sabor se parecía tanto al mío. Tengo fotos de ella lavando los platos, de ella desnuda desperezándose en la puerta del cuarto antes de entrar a bañarse, de sus pies acariciados por mis manos, de ella dormida a mi lado, de nosotros unidos en una imagen dupla impactando una lámina delgadísima de oro en la cama. Miro las fotos de vez en cuando y no me dicen nada. Esas fotos funcionan como una especie de anestésico. Siento mi carne entumecida, sé que está ahí y mi cerebro se anticipa a la posibilidad de algo que está sucediendo en algún lugar, no siento dolor.

Teníamos el mismo tiempo interior. La acción fantasmagórica a distancia era nuestra realidad. De ese modo era como yo la traía hacia mí, a mi casa, a mi sala y a mi cuarto. Así funcionaba su piel cuando se erizaba al tocarla. Éramos dos que estaban reconquistando la memoria de ser uno. Una recreación permanente, durante el poco tiempo que vivimos juntos, de la fracción infinitesimal de la creación de la materia. ¡Carajo cuánto la amé!

Vibro mientras escribo estas mentiras, este sueño, este engaño que busca convertirse en algo verdadero. Sin embargo, ya nunca más la volveré a ver, la perderé para siempre luego de escribir esto. Cuando el sonido de Aurora, bajando la escalera, iba extinguiéndose, de mis dedos germinaban cerezas, y la densidad del aire se perfumaba por una tenue reminiscencia de maracuyás o de bizcochuelo de limón saliendo del horno. Yo veía sus dedos oscilando en la pantalla de su celular, tal vez los mismos dedos que lamería más tarde.

4

06/03/2020 08:13 - Aurora: ¡ey, Daniel!

06/03/2020 08:13 - Aurora: ¡Buen día!!

06/03/2020 08:33 - DA: ¡Hola!

06/03/2020 08:33 - DA: ¡Buen día!

06/03/2020 08:34 - DA: Estás diferente.

06/03/2020 08:34 - DA: Tanto que casi no te reconocí.

06/03/2020 08:34 - DA: Jajajaja

06/03/2020 08:34 - Aurora: ☺

06/03/2020 08:34 - Aurora: Me acordé de vos y decidí escribirte.

06/03/2020 08:34 - Aurora: ¿Cómo estás?

06/03/2020 08:35 - DA: Estoy bien.

06/03/2020 08:35 - Aurora: Diferente = gorda, ¿no?

Creo que fue así como comenzó. Los mensajes me despiertan y veo un número que no está en mi lista de contactos. En la foto de perfil había, a la distancia, una mujer con sombrero en la playa sentada en una reposera. La verdad es que esto no se parece a un comienzo, sino a una continuidad. Dos personas que se conocían y se reencuentran. Los dos subidos a la misma banda de Moebius.

06/03/2020 08:35 - DA: Te voy a contar una cosa: el martes fui a una entrevista de trabajo, y hablé del bistró. Muy por encima.

06/03/2020 08:36 - DA: pero me acordé de vos... de tu pelo.

06/03/2020 08:36 - Aurora: ¡¿en serio?!

06/03/2020 08:36 - Aurora: ☺

06/03/2020 08:36 - DA: te juro que cuando volví a casa busqué fotos.

06/03/2020 08:36 - Aurora: Transmisión de pensamiento

06/03/2020 08:36 - Aurora: ☺

06/03/2020 08:36 - Aurora: Cambié de número

06/03/2020 08:36 - Aurora: estoy con sombrero

06/03/2020 08:36 - DA: ¡Sí!

06/03/2020 08:37 - Aurora: es que vos solo me viste el pelo recogido.

06/03/2020 08:37 - Aurora: ¿y entonces, el rebaño va a salir?

06/03/2020 08:37 - DA: Te vi en unas fotos que me habías mostrado una vez.

06/03/2020 08:37 - Aurora: ¡el que tiene el pelo diferente sos vos!

06/03/2020 08:37 - Aurora: ☺

06/03/2020 08:37 - DA: Si supiera lo que eso significa sabría qué responder

06/03/2020 08:38 - Aurora: ☺

06/03/2020 08:38 - Aurora: Fue el corrector automático.

06/03/2020 08:38 - DA: ¡Ah! si me hubieras visto la semana pasada no me reconocías.

06/03/2020 08:38 - Aurora: ¿va a salir ese trabajo?

06/03/2020 08:38 - Aurora: ¡Uh! Uno no puede dejar por mucho tiempo solas a las personas que alguna treta hace.

06/03/2020 08:38 - Aurora: ☺

06/03/2020 08:38 - DA: Ah, no sé si me van a llamar, la verdad.

06/03/2020 08:39 - DA: ¿y vos estás en Belo Horizonte? ¿qué andarás haciendo?

06/03/2020 08:40 - Aurora: Estoy viviendo en Belo Horizonte y trabajo en Contagem. Vidita tibia, ¿no?